輪渡颯介

溝《どぶ》猫《ねこ》長《なが》屋《や》
祠《ほこら》之《の》怪《かい》

講談社

目次

溝猫《どぶねこ》長屋　祠《ほこら》之怪

装画／おとないちあき
装幀／鈴木久美

お多恵ちゃんの祠《ほこら》

一

「こら忠次《ちゅうじ》、いつまで寝てやがるっ」

弥生三月、まだ夜も明けやらぬ早朝のことである。夜具にくるまり、ぬくぬくと心地よい眠りについていた忠次の耳に、父親の寅八《とらはち》の大声が響いてきた。

「お前、今日から裏の祠《ほこら》に手ぇ合わせに行くんだろうが。さっさと起きねぇかっ」

長屋の隅々にまで届いたと思われる凄まじい怒声《どせい》だったが、忠次は面倒臭そうにのろのろと体を起こしただけだった。まだ半分寝ているような顔を寅八に向ける。

「……ああ、父ちゃん。おはよう」

「なに呑気に挨拶《あいさつ》してやがる。お前、今日から裏の祠に手ぇ合わせに行かなきゃならねぇんだろ。昨日も大家さんが、何度も念を押しに来てたじゃねぇか」

「うん、そうだったね。じゃあ、おやすみ」

忠次は再び体を横たえ、くるりと丸くなった。目を閉じるとほぼ同時に、すっと眠りに落ちる。利那《せつな》の早業《はやわざ》だ。

「どっこらせ、と」

敷布団の端《はし》が勢いよく持ち上げられた。忠次は床の上をごろごろと転がり、そのまま壁にぶち当たった。

「痛ぇ。何するんだよぉ」

かなり無理やりであるが、さすがに目が覚めた。ぶつけた鼻をさすりながら、恨めしそうに寅八を見やる。

「怪我《けが》したらどうするんだよ。母ちゃんに言い付けるぞ」

「親に向かって、なんて口を利きやがるんだ。それに言っとくが、今お前の布団を引っぺがえしたのは、その母ちゃんだからな」

「ええ?」

忠次が横に目を向けると、母親のおときが恐ろしい形相《ぎょうそう》で仁王立ちしていた。職人の父親よりこちらの方がよっぽど怖い。

「桶に水を汲《く》んできたから、さっさと顔を洗っちまいな」

もう忠次が寝られないようにと、おときは忠次の布団を素早く畳んで部屋の隅に積んだ。忠次はそれを横目で見ながら、まだ眠りこけている弟の布団へと忍び寄っていく。しかしあと少しというところで、おときに首根っこをつかまれてしまった。

「井戸のところに行ったら、もう大家さんと一緒に、新《しん》ちゃんと留《とめ》ちゃんが祠の前で立っていたよ。あんまり待たせると悪いから、お前も早く支度しな」

「ああ、あの二人はなぁ……」

寝直すことを諦《あきら》めた忠次は溜息《ためいき》交じりに呟《つぶや》いた。忠次と同い年で、今日から一緒にお参りすることになっている新七《しんしち》と留吉《とめきち》は元来が早起きなのである。

新七は通りに面している表店の提灯屋《ちょうちんや》の倅《せがれ》で、毎朝店の前の通りを掃いて水を打ち、それから飯を食って手習に行くという、大変に出来た子なのだ。頭の方の出来も良く、手習所では自分の手習の合間を見て、よく小さな子供たちにも教えてやっている。表店と裏店の違いこそあれ、同じ年に同じ長屋で生まれ、一緒に大きくなったのに、ここまで違いが出るのが不思議でしょうがない。

留吉の方はやはり表店の油屋の倅だが、こちらは新七と違って忠次とあまり差のない、子供らしい子供だ。ただ弟妹が多く、当人はいつまでも寝ていたいのに、そいつらに起こされてしまうらしい。小さな子供は早く寝かされる分、朝も目覚めるのが早いのである。きっと今朝の留吉は、遊んでくれとねだる弟妹から逃げるように祠へ行ったに違いない。

忠次と新七、留吉の三人の他に、今日から長屋の裏にある祠に行かされる子供はもう一人いる。その子のことを訊《き》こうと忠次が口を開けかけた時、「おら銀太《ぎんた》、さっさと起きねぇかっ」という怒鳴り声が聞こえてきた。何かが転がって壁にぶつかったような音が続く。銀太の住まいは同じ裏店の斜め向かいの部屋で、安普請《やすぶしん》なので声や音がよく伝わってくるのだ。起こっていることが手に取るように分かる。

「ほら、銀ちゃんもすぐに出てくるよ。お前もさっさと行きな」

「うう、まだ眠いのに」

忠次は狭い土間に下り、桶から水をすくって顔を洗った。そうしながら、これが今日から毎朝続くのか、と嘆くように溜息を吐《つ》いた。

忠次たちの住む、麻布《あざぶ》の宮下町《みやしたちょう》の一角にある通称「溝猫長屋《どぶねこながや》」には、妙な決まり事がある。長屋にいる一番年長の男の子が、奥にある祠に、大家の吉兵衛《きちべえ》と一緒に毎朝お参りをしなければならないのだ。それは三月の十日から始まるので、その時に一番年上になっている男の子たちがその役目を負う。今年は裏店に住む忠次と銀太、表店の新七、留吉である。四人ともこの長屋で生まれ育った十二歳の子供たちだ。

濡れた顔を拭いた手拭いを部屋に放り投げ、忠次は戸を開けて路地に出た。まだ薄暗い。両脇に建ち並ぶ長屋の建物の狭い軒《のき》と軒の間から見上げると、空はわずかに白んでいた。どうやらお天道様《てんとう》が顔を出す少し手前のようである。

春も終わりに近づき、昼間こそ暖かく感じるようになってはいるが、さすがに早朝はまだ肌寒い。忠次はぶるっ、と一度身を震わせてから、斜め向かいの部屋に声をかけた。

「銀ちゃん、起きたかい」

うん、と返事があってすぐに戸が開き、眠たそうな表情の銀太が現れた。かすかに額の辺りが赤くなっているが、これは恐らく親に起こされた時に壁にぶつけたためだろう。

銀太は路地に足を踏み出すと、忠次と同じようにに体をぶるぶるっと震わせた。

「おお、寒い。特に顔が冷たいや。千切れそうだ」

「そりゃ、濡れているからだよ」

やはり顔を洗ってから出てきたようだが、よく拭いてないのでびしゃびしゃだ。

「ああ、道理で気持ち悪いと思った」

銀太は着物の袖で顔を拭《ぬぐ》った。それから空を見上げて肩を竦《すく》める。

「こんな早起きを、これから毎朝しなけりゃならないわけか」

面倒臭ぇ、と一際大きな声で空に叫んでから、銀太は長屋の奥に向かって歩き出した。

「仕方ないよ、そういう決まりだからね。途中で抜けることもできるけど」

後ろをついて行きながら、忠次は返事をする。

もし長屋にずっと住み続けるなら、ずっとお参りを続けなければならない。だが、例えば職人の修業を始めるとか、どこかの店へ奉公に行くとかして長屋を離れたら、その子はそこで終わりである。そうしてすべての子供が長屋を出てしまったら、それ以降は大家の吉兵衛が一人でお参りをするようになるらしい。そして翌年の三月十日になったら、その時点で一番年長の男の子たちがまた一緒にお参りを始めるのである。

どうしてそんなことをするのか、そのわけを忠次たちは教えられていない。ただ決まりだからと聞かされただけである。

「もうじき他所《よそ》の釜の飯を食うようになる年頃だから、その前に慣らしておこうってことなのかな、早起きに」

「そうなんだろうけど、それだけじゃないような気がするんだよなぁ」

祠に手を合わせるだけのことだ。面倒なのは朝が早いという一点だけ。それなのに、これまで長屋にいた忠次たちより年上の男の子たちは、みんな一年と続かずに、途中で逃げるようにして長屋を離れていった。忠次が知っている限りでは、一人残らずそうなっている。

忠次には三つ上に酉太郎《とりたろう》という兄がいる。父親の寅八は桶職人で、近くの親方の所へ通って働いているが、酉太郎は今、その親方の知り合いの店で修業している最中だ。この酉太郎は小さい頃から随分とのんびりした子供で、俺は頭の出来が良くないから十五くらいまで手習に通うよ、と言っていたのだが、やはり十二の年に祠にお参りするようになってからは、急に手習を真面目《まじめ》にやるようになった。そうして秋の半ば頃に、父親に頼み込んで修業に出してもらったのである。

酉太郎だけでなく、留吉の兄など他の者たちも似たようなものだったと忠次は耳にしている。不思議なことだ。他の長屋なら職人の子供は早ければ十くらいから修業に出てしまうことも多いのだが、この溝猫長屋の子供は十二くらいになるまではたいてい家に残っている。親子共々のんびり屋の住人が多いのだ。ところが奥の祠にお参りに行かされるようになると、突如として外に働きに出ていこうとし始めるのである。

「祠にお参りすると何か起こるのかな。おいらは兄弟の一番上だから知りようがないけど、忠ちゃんは兄さんから何か聞いているんじゃないのかい」

「いずれ分かることだし、あまり小さい子供には言わない方がいいことだからって、兄ちゃんは詳しく教えてくれなかった」

「ふうん。確か三つ離れていたから、その頃おいらたちは九つかそこらだよな。それくらいの子供には言えないようなことなのか……」

銀太は立ち止まって、何か考えるような顔で天を仰いだ。

忠次もつられて空を見上げた。さっきより少し明るくなっている。そろそろお天道様が顔を出す頃だろう。

「まあ、もうすぐ分かることだしな。悩んでも仕方ねぇや」

銀太は忠次の方を振り返った。なぜか少しにやにやしていた。

「何だよ、嬉しそうじゃないか」

「そりゃ、何が起こるか楽しみだからな」

「銀ちゃんは怖いもの知らずだな。羨《うらや》ましいや」

忠次は呆れながら、顔を路地の先へと向けた。もう祠が見えていた。

路地を抜けると少し広くなっている場所に出る。手前側の端には厠《かわや》と掃き溜めが作られており、真ん中に物干し場、それを挟んだ反対の端が井戸だ。目指す祠はさらにその先に、遠慮がちに建っている。長屋の一番奥の隅っこだ。

母親のおときが言っていたように、大家の吉兵衛と新七、留吉がすでにその前にいた。それから、多分おときが部屋に戻ってから来たのだろうが、さらにもう一人、三十代の半ばくらいと見える男が三人から少し離れた所に立っていた。

朝が早いためか男はぼんやりとした顔でどこを見るでもなく目を宙に漂わせていたが、一瞬だけちらりと忠次たちの方を横目で見た。案外と鋭い目つきだったのでどきりとしたが、男はすぐにまた元の間の抜けた顔に戻り、大きなあくびをした。

銀太が驚いた様子で忠次に耳打ちしてきた。

「おいおい、あれは泣く子も黙る弥之助《やのすけ》親分じゃねぇか」

「うん、そうみたいだ」

忠次も目を丸くして弥之助を眺めた。家業は煙草屋《たばこや》だが、商売の方は店で使っている若者たちに任せてしまい、自分はいつも麻布の町中を呑気な顔でぶらぶらと歩いているという男である。だから知らない人が見るとただの怠け者のように思えるが、実は町奉行所の同心から手札をもらっている岡っ引きなのだ。

「何でこんな所にいるんだろう」

忠次は顔を顰《しか》めた。目明《めあか》しとか御用聞きなどとも呼ばれるが、この岡っ引きという者どもは、はっきり言って碌《ろく》でもない手合いが多い。同心の手先として盗人《ぬすっと》などの悪人を捕まえるために動いているが、そもそも当人が以前はそちら側の人間だった者がほとんどだからだ。己自身が元々悪党だったから、悪事を嗅《か》ぎつけるのに長《た》けているだけのことである。それで都合よく使われているのだ。

もちろん貧乏長屋に住む子供である忠次には丸っきり縁もゆかりもないから、弥之助がどういう素性の者かは知らないが、それだけになおさらおっかない人という感じがする。

その弥之助がなぜこんな朝っぱらから、この溝猫長屋の隅にある祠の前にいるのか。まったく薄気味の悪い話だ。何か嫌なことが起こりそうな気がする。

「よく分からないけど、ますます楽しみになってきたな」

忠次の心配をよそに、銀太が楽しそうな声で言った。それから朗らかな声で吉兵衛に近づいていく。

「えぇ大家さん、おはようございます」

「ああ、来たか。ふむ、忠次もいるね。これで揃ったようだ。それでは始めるとするか」

忠次も銀太に追いついて、先にいた新七と留吉の脇に並んだのを見てから、吉兵衛は腰を曲げて祠の前に置かれていた小皿を手に取った。それを脇にいた新七に渡す。

「これに水を入れてきてくれないか。こぼさないようにな」

新七が頷《うなず》いて小皿を受け取り、井戸の方へと歩いていく。その後ろ姿を見送ってから、忠次は祠へと目を向けた。

ここにお参りするのは長屋に住んでいる一番年長の男の子と決められているから、今日までは手を合わせることすらしたことがなかった。だから年がら年じゅうこの周りで遊び回っていたが、いつも何気なく目に入れているだけで、じっくりと眺めるのは初めてだ。

改めてよく見てみると、随分と粗末な、と言うか下手糞《へたくそ》な作りの祠だった。ちゃんとした職人の手によるものではないのは忠次でも分かる。素人が見よう見まねで木を組み合わせ、何とか祠の形に作り上げてみました、といった感じの代物《しろもの》だ。高さは忠次の膝《ひざ》よりちょっと上くらいまでしかなく、それが漬物石のような土台の上に載っている。

――こんなものをこれから毎日拝まなくちゃいけないのか。

ただ、何となく近寄りがたいものはずっと感じていた。それもあってこれまでしっかり見たことがなかったのだが、それにしても粗末なことには変わりがない。

忠次が顔を顰めていると、小皿に水を入れた新七がそろそろとした足取りで戻ってきた。

「ああ、随分たっぷりと入れてきたね。どうせ犬や猫が舐めちまうから、ちょっとで良かったんだが」

吉兵衛が受け取りながら言い、慎重な手つきで小皿を祠の前に置いた。

ここは溝猫長屋と呼ばれているくらいだから野良《のら》猫が多い。まだ寒い早朝の今は多分、床下かどこかにかたまって眠っているのだろうが、日が照ってくればこの祠の近くにもたくさん出てきて日向《ひなた》ぼっこを始める。きっと猫たちは祠に供えた水を、「人間どもが自分たちのために用意した水に違いない。感心、感心」などと考えているに違いない。

それと猫だけじゃなく、この長屋を根城にしている野良犬も一匹いる。猫と犬は仲が悪いものだと忠次は思っていたが、この野良犬の野良太郎《のらたろう》は猫たちとうまくやっているようだ。

そういえば今は姿が見えないが、野良太郎もやはりどこかの床下で寝ているのかな、と思いながら忠次は辺りを見回した。腕組みをしてこちらを眺めている弥之助親分と目が合った。急いで目を祠へと戻す。

「それじゃ大家さん、さっさと拝んじゃいましょうよ」

銀太が調子の良い口調で言い、大きな音を立てて柏手を打った。

「ああ、違うんだよ。ここは柏手はいらないんだ。静かに手を合わせるだけでいいから」

吉兵衛が慌てた様子で銀太を止めるように手を前に伸ばす。銀太は驚いた顔になった。

「え、だって神様にお参りする時は、どこでもこうして手を叩くでしょう」

「うむ。確かにその通りだ。だがね、銀太……それから他の子も聞きなさい。これはね、祠の形をしているが、神様が祀《まつ》られているわけではないんだよ。実はね、これは昔、この場所で亡くなった女の子の慰霊のため、つまりその子、お多恵《たえ》ちゃんの魂を慰《なぐさ》めるために作られたものなんだ」

四人の子供たちは顔を見合わせた。初めて聞く話だった。

忠次は、四人の中では一番いろいろと物を知っていそうな新七の顔を見た。しかしやはり知らなかったようだ。黙って首を振っている。

「まあ、詳しいことは追々話していくが、そういう意味では確かにこれは、お前たちが知っているような祠とはちょっと違う。しかし作られた時から『お多恵ちゃんの祠』と言われているから、これまで通り祠と呼んで構わないよ。だが、お参りする時は手を叩かなくていいからね。お墓参りをする時のようにやればいいのだよ」

吉兵衛は胸の前で静かに手を合わせ、目を閉じて軽く首を垂れた。しばらくの間そうしてから目を開け、まだ突っ立ったままの子供たちを見て、むっとした顔になった。

「ほら、お前たちもやりなさい。ちゃんと一列になってな」

四人は祠の前に並び、吉兵衛を真似て手を合わせ、目を閉じて首を垂れた。

「……しかし今年は四人ですか。こんなに多いのは初めてではありませんか」

後ろの方で声がした。弥之助である。吉兵衛に向かって喋《しゃべ》ったようだ。忠次は祠を拝みながら聞き耳を立てる。

「そうだな。これまでは一人か、せいぜい二人だった」吉兵衛が返事をする。「四人ともなると、どうなるだろうね」

「二人の時は交互に来ましたよね。多分、同じように順番になると思いますが、こればっかりは様子を見ないと何とも言えませんせん」

「ふむ。そうじゃな」

弥之助と吉兵衛の会話を聞きながら忠次は首を傾げた。何のことを話しているのか、皆目見当がつかない。

そっと目を開けて周りを見ると、もう他の三人は拝むのをやめて手を下ろしていた。新七と留吉も、忠次と同じように首を傾げて不安そうな顔をしている。銀太だけは肝が据《す》わっているのか、にやにやと楽しそうな笑みを浮かべていた。

「あのう、大家さん」

さすがに訊いておかねばならない。忠次は恐る恐る訊ねてみた。

「これを拝むと、何かあるのでしょうか」

「ふむ……ある。ただし今はまだ詳しくは教えられない。決して意地悪をしているわけではないよ。これはね、この長屋に住んでいる男の子たちが必ず通らねばならない試練なんだ。だから、まずお前たちが己の目で確かめてから告げることにしているんだよ。まあ、これまでのことを考えると徐々に来るはずだから、あまりびくびくすることはないよ。とりあえず今日のところはこれで終わりだ。もう帰っていいよ」

「はぁ……」

何の答えも得られなかった四人の子供たちは、また顔を見合わせた。

二

「うちの兄ちゃんたちも忠ちゃんのところと変わらないよ。詳しいことは何も教えてくれなかった」

上に兄が二人いる留吉が言った。当然この兄たちも、まだ溝猫長屋にいた頃にはあの祠にお参りさせられていた。

「これも忠ちゃんとこの兄さんと同じだけど、祠に行くようになってからは手習の方も一生懸命やるようになった。それと、手習から戻ったら店の手伝いもすごく真面目にやってたみたい。で、秋になる頃に父ちゃんに頼み込んで、知り合いの油屋に無理に奉公に出してもらったんだ。二人ともさ。もちろん行った先は別々の店だけど」

「ふうん」

「なんか、早くこの長屋から出ていきたいっていう感じだったなぁ」

「ううん、やっぱりそうかぁ」

忠次は唸《うな》って、それから首を振った。留吉の兄たちも、自分の兄の酉太郎とまったく同じだったことが分かった。だが、それだけだ。これでは何も分からないのと一緒である。新七と銀太は長男なので、この二人からは何も得られない。

「とりあえずこれまでに分かっていることをまとめてみようか」

忠次が困った顔をしていると、四人の中では最も頭の働きが良い新七が、落ち着いた声で言った。

「その昔、俺たちの住む長屋では女の子が亡くなっている。多分、お多恵ちゃんっていうんだろうけど、その子の魂を慰めるためにあの祠のようなものが作られた。そして、長屋にいる男の子の中で一番年上の者が、三月の十日から毎朝その祠にお参りしなければならないと決められた」

「どうしてその日からなんだろう」

「さあ。多分だけど……命日じゃないかな、そのお多恵ちゃんの。あるいは他にわけがあるのかもしれないけど、とにかくその日からお参りするようになった子は、なぜか手習を一生懸命やったり店を真面目に手伝うようになったりする。その後、幾らも経たないうちに逃げるように長屋を離れていく」

「不思議だよね」

「手習や店の手伝いをちゃんとやるのは、きっとそうした方がお父つぁんやおっ母さんに言い訳が立つからだと思う。つまり、一刻も早く長屋から出ていきたいんだ」

「だから、そのわけを知りたいんだけど」

「それは……分からないよ」

新七はそこで首を傾げ、黙り込んでしまった。

忠次は、はぁ、と溜息を吐いた。俺は十五くらいまでは手習に通うよ、と言っていたのんびり屋の兄でさえ、お参りを始めてからわずか半年足らずで家を出ていくに至った。いったい何があったのだろうか。分からないだけに怖い。

弥之助親分は「順番になると思う」と言っていた。それから大家の吉兵衛は「徐々に来る」と語った。果たして何が順番に、そして徐々に来るというのだろうか。

「まぁ、新ちゃんが考えても駄目なんだから、おいらや忠ちゃんが頭を捻っても無駄だよ。これから何が起こるのか、楽しみに待っているしかないんだ」

鼻っ面と額を墨で黒くした銀太がにやにやしながら言った。天神机の上に正座し、右手に水の入った湯呑み、左手に線香を持っている。罰を受けている最中なのだ。

四人は今、筆道指南の耕研堂《こうけんどう》という場所にいる。つまり、手習所だ。同じ町内の反対側にあるので少し歩くが、溝猫長屋に住む子供たちのほとんどは、昔からこの耕研堂に通っていた。長くやっている手習所なのである。

耕研堂は横丁を入った二階家の建物で、女の子たちはその二階で女のお師匠さんに教わっている。元々夫婦でやっていた手習所で、二階はその妻の方が続けているのだ。しかし旦那の方は途中で体を悪くして、今は静養していた。だから一階の忠次たち男の子は、古宮蓮十郎《こみやれんじゅうろう》という雇われのお師匠さんに教えられている。

この古宮蓮十郎、見るからに「尾羽《おは》打ち枯らす」といった感じの、風が吹けば飛びそうなくらいひょろっとした浪人である。手習を教えるのは丁寧だから不満はないが、忠次はいつも「お侍なのに弱そうだなぁ」と思いながら眺めている。年は多分、三十代の半ば辺りだ。今朝会った目明しの弥之助と同じくらいだろう。

「お前たち、まだ残っていたのか。もう帰っていいんだぞ」

席を外していたその蓮十郎が入ってきて、新七と留吉に言った。手習が終わる八つ時をとうに過ぎており、他の子供たちはみんないなくなっている。部屋に残っているのは忠次たち四人だけだった。

「さようでございますか。それではおいらも……」

「待ちなさい銀太。帰っていいのは新七と留吉だけで、お前と忠次は留置《とめおき》だ」

居残りの罰である。二人とも慣れない早起きをしたので、手習の最中に何度も居眠りをしたからだ。

忠次はそれでも軽くこくりこくりと舟を漕《こ》いだだけだが、銀太の方は天神机に正面から顔を付けて思い切り眠り込んでしまった。草紙《そうし》という、真っ黒になるまで何度も字を書き連ねて練習する紙の上にべちゃっとうつ伏せになったので、鼻と額が墨で汚れているのである。その上、何度揺り起こしてもまたすぐに寝てしまったため、天神机の上に正座という罰を受けているのだ。左手に持った線香は時を計るためのものだから、たいていは火が点《つ》けられる。しかしまた眠ってしまうと危ないから今は点いていない。

「忠ちゃん、銀ちゃん、それじゃお先に」

新七がにこりとし、蓮十郎に挨拶して出ていった。留吉も遠慮がちについて行く。居眠りこそしないが、留吉は新七と違って頭の出来はさほどではない。だから一緒に残されても不思議はないのだが、たくさんいる弟妹の面倒を見なければならないので、いつも大目に見てもらっているのだ。

「さて、お前たち」

背後に天神様の掛軸が掛けられている師匠の席に座り、蓮十郎が忠次と銀太を睨みつけた。居残りの手習をさせられる前に、まず説教が始まるらしい。

「居眠りをするというのは、そもそも気が弛《ゆる》んでいるからで……」

「いや、お師匠さんのおっしゃる通りでございます。まったく言い訳のしようがありません。するつもりもございません」

銀太がすかさず口を挟んだ。蓮十郎は手習を教えることはともかく、説教をするのは苦手らしい。だからうまく言葉を差し入れて話を別の方に持っていくと、説教がなし崩しに終わってしまうのである。銀太はそれを狙っているのだ。

「……ただ、どうしてものっぴきならない用事があって、早起きをしなければならなかったものでございますから」

「二人ともか」

「はい。それで、今日からそれが毎日続きますので、これからは留吉のように、少々大目に見てもらえればと……」

「何を都合のいいことを言っているんだ。これから毎日などと……」

そこで蓮十郎は膝を打った。合点がいった顔になり、一人でうんうんと頷いている。

「うむ、そうか。今日は三月の十日だったな。今年はお前たちの番か」

蓮十郎がこの耕研堂に雇われてから五、六年が経つ。忠次や留吉の兄たちのことも見てきたので、事情が分かっているようだ。

「お師匠さんは知っているのでございますか。あの祠にお参りすると何が起こるのか」

忠次は勢い込んで訊いた。今朝、大家の吉兵衛と別れてから、父親の寅八や隣の部屋のおじさんなど、事情を知っていそうな大人に片っ端から訊いてみたが、誰一人詳しいことを教えてくれなかった。知ってはいるが隠しているようなのだ。きっと長屋の中でそういう取り決めみたいなものがあるのだろう。だが、溝猫長屋の人間ではない蓮十郎なら、もしかしたら教えてくれるかもしれないと思った。

「ふむ。もちろん知っておる……が、それについては何も言えぬ」

「えぇぇ……どうしてでございますか」

「そういうことになっているからだ」

忠次は肩を落とした。蓮十郎にも長屋から話が通じているらしい。

「……それに、まだどのような形で出てくるか分からないからな。人に物を教える身としては、いい加減なことは言えんのだ。今回はお前たちと新七、留吉の四人もいる。ここまで多いのはこれまでなかった。果たして順番に来るのか、それとも四人が同時に同じ目に遭うのか、なにしろ初めてのことだから、様子を見るしかない。よく分からないのに下手なことを教えて、いたずらに怖がらせてもいけないからな。ただ一つ言えるのは、あまり気に病むな、ということだ。度胸さえあれば何とかなる」

「はあ……」

蓮十郎も、大家の吉兵衛や目明しの弥之助と似たようなことしか言わない。結局何も分からないのと同じだ。それなのに気に病むなと言われても無理な話である。かえって不安になってしまう。忠次は嘆きながら天井を見上げた。


説教の途中で銀太が口を挟んだのが功を奏して、思ったより早く居残りからは解き放たれた。溝猫長屋に帰った忠次は、すぐに銀太と一緒に奥の祠に向かった。路地を進むにつれ、そこで遊んでいる子供たちの声が大きくなっていく。

路地を抜けて広い場所に出る。井戸のそばで母親のおときが他のおばさんたちとぺちゃくちゃ喋っているのが見えた。目を反対の端に転じると、野良犬の野良太郎が掃き溜めに顔を突っ込んで食い物を漁っていた。真ん中にある物干し場の周りでは、忠次の弟の寅三郎《とらさぶろう》や留吉の弟の捨吉《すてきち》といった、先に手習から戻った小さな男の子たちが走り回っている。

もちろん女の子たちもいるが、こちらは祠のそばに莫蓙《ござ》を敷いて座り込み、人形遊びかお手玉か、とにかく静かに遊んでいた。留吉の妹のお末《すえ》や、銀太の妹のお桂《けい》に混じって、見知らぬ女の子の姿も目に入った。きっと他所の長屋の子が遊びに来ているのだろう。

祠にお参りするのは長屋にいる一番年上の「男の子」というのが決まりだ。まったく女の子は呑気でいいな、と思いながら忠次は目を動かした。朝には姿が見えなかったが、今は数えるのが面倒になるほどのたくさんの猫があちこちで日向ぼっこをしていた。こちらも呑気な様子である。まったく羨ましい。

生まれ変われるのなら猫がいいな、などと考えながらさらに目を動かしていくと、祠があるのとは反対側の板塀《いたべい》の角の所に新七と留吉が立っていて、強張《こわば》らせた顔を突き合わせて何やら話をしているのが見えた。様子がおかしい。

「どうしたんだい二人とも。何かあったのかい」

「ああ、忠ちゃんと銀ちゃん。やっと戻ったのか」

留吉が返事をしながら、周りで遊んでいる弟妹たちに目を向けた。面倒を見るように親から言われているので、怪我などしないように気を付けているのだろう。何事もないことを確かめてから、留吉は忠次の方に向き直った。

「手習から帰ってくる途中でさ、新ちゃんが変な臭いがするって言ったんだけど、おいらにはまったく分からなかったんだよ。二人は何か気づいたかな」

忠次は首を振った。銀太も心当たりはないようで首を傾げている。

「変な臭いって、どんな？」

新七に訊ねてみる。すると新七は、ひどく顔を顰めながら答えた。

「うまく言えないけど、腐った土の臭いって感じかな。それも湿っているやつ。雨上がりの墓場を歩いていたら滑って土饅頭《どまんじゅう》に顔から突っ込んじゃった、という時の臭いと言えば近いかもしれない」

「ごめん……まったく分からないや」

「とにかく嫌な臭いなんだ。ところが留ちゃんは何も感じないって言う。こっちは少し気分が悪くなっちゃったくらいなのにだよ。それで立ち止まっていたら、今度は留ちゃんの方が、子供の声がするって言い出したんだ。だけど、それは俺にはまったく聞こえないんだよね」

忠次は、また留吉へと目を移した。

「どんな声だったの」

「おいらたちと同じか、ちょっと下くらいの男の子の声だったと思う。何を言っているのかまでは聞き取れなかった。ひどく籠《こも》っているような声だったんだ。多分、家の中からしたせいだと思うけど」

「どこの家?」

「蠟燭屋《ろうそくや》さんの横の道を入った所。二階家が三軒並んでいる、その真ん中だよ」

「たった今、銀ちゃんと二人でその前を通ってきたけど、臭いも声も分からなかったな。それに、そもそもその家って……」

忠次は眉を顰《ひそ》めた。そこはずっと空き家になっているはずだ。少なくとも耕研堂に通うようになった六歳の時から、その家に人が住んだという覚えはない。

「そうなんだよ」また新七が口を開いた。「それで、今ここで留ちゃんと話していた時に思い出したんだけどさ。あの家で人殺しがあったっていう噂を聞いたことがあるんだ。俺たちが手習に通うようになる前のことらしいけど。そのせいで誰も借りる人がいなくて、ずっと空いたままなんだってさ」

「そんな話、おいらは聞いたことないな」

「俺たちみたいな子供にわざわざ言うようなことじゃないからね。俺もたまたま耳にしたんだ。うちの提灯屋、通いで来ている職人さんが何人かいるだろう。その人たちが話しているのが聞こえたんだよ」

「怖いな」

　新七と留吉の二人が、顔を強張らせて話していたわけが分かった。人殺しのあったという家の前で変な臭いを嗅いだり妙な声を聞いたりしたら、そんな顔にもなるだろう。

「どんな人が殺されたんだろう。男かな女かな」

「さあ。そこまでは聞こえてこなかった」

「もしかしたら……子供かもしれない。留ちゃんが聞いた声は、その子の幽……」

　忠次が言いかけた言葉を、新七は開いた手を前に伸ばして押し留めた。

「いや、そう言い切るのはまだ早いよ。物事は落ち着いて考えなきゃいけない。留ちゃんが聞いた声は、近くの別の家から洩《も》れてきただけかもしれないんだ」

「いや、確かにあの家の中から聞こえたよ」

　留吉が口を尖らせた。

「それなら、新しく引っ越してきたのかもね。俺たちと似たような年頃の子供がいる一家が。幽霊なんて馬鹿なことを言い出すよりは、はるかに納得がいく考えだろう」

「ううん、どうかな」

その家の前を通った時に、誰かが越してきたという様子はなかったように思う。それに新七が嗅いだ臭いを同じ場所にいた留吉が嗅がず、留吉が聞いた声を新七が聞かなかったことの説明がついていない。

「……おいらは納得できないけど」

「うん、実は俺もなんだ。もっと他に、しっくりくる考え方があるのかな」

新七は首を傾げた。すると、考えるより先に体を動かすべきだ、というのが信条の少年、銀太が口を開いた。

「今からその家に行って、見てくればいいだけじゃないの」

言われてみればその通りだった。ここでぐだぐだ悩んでいるより早い。

「もし同じ年頃の子が引っ越してきたのなら耕研堂に誘いたいしさ」

「ああ、そうか。あんまり手習子が減るとお師匠さんも困るだろうしね」

手習は別にいつ始めてもいいが、江戸では六歳になった年の二月の初午《はつうま》から通うようになる子が多い。今年新たに耕研堂にやってきた男の子は二人だった。もし例年通り、忠次たち四人が今年のうちに他所へ修業に出たり奉公に行ったりしたら、二人減ってしまうことになる。師匠はその分食い扶持《ぶち》が減るわけだし、それに蓮十郎の場合は雇われの身だから、体面も悪いだろう。銀太の言い分はもっともだ。

いつも迷惑ばかりかけている悪戯《いたずら》小僧だが、ちゃんと師のことを思いやっているんだと感心していると、銀太は「違うよ」と首を振った。

「菓子が食えるかもしれないからだよ」

「なんだ、目当てはそっちか」

新たに手習に通うようになった子の親は、初めての日は我が子の手を引き、天神机と束脩《そくしゅう》を携えて手習所にやってくる。束脩というのは入門の際に師匠に献上する金品のことで、江戸ではたいてい銭と菓子になる。銭の方はもちろん師匠の懐に入るが、菓子はすでにその手習所に通っている子供たちに振る舞われるのだ。

「まあ、もちろんおいらだってお師匠さんのことも考えているよ。その上で菓子が食えるなら一挙両得ってもんだ。それにさ、近所に同じくらいの年の子が引っ越してきたら、とりあえず顔を見に行くのが正しい子供の道だろう」

これまたその通りである。近くまではみんなでわいわいと行き、家が見えたら通りの角から顔を出してこっそりと覗《のぞ》く。そうして相手の子に見つかったらなぜか走って逃げ出すという、わけの分からない動きを取る。それが子供ってもんだ。

「……それならさっそく行こうか。ええと、新ちゃんも来るよね。留ちゃんはどうする？」

「おいらは弟や妹を見張ってなけりゃならないから」

「そっか。兄弟が多いと大変だな」

周りで遊んでいる弟妹の他にも、留吉には二つになる妹と生まれて間もない弟がいる。母親はその二人の世話で忙しいので、少し大きくなった子供たちの面倒は留吉に押し付けられているのだ。なお留吉には、もう家から出てしまった兄二人と、さらに姉も二人いる。見事な子沢山一家なのである。

「仕方ないな。じゃあおいらと銀ちゃん、新ちゃんの三人で行ってくるよ」

「うん、土産話《みやげばなし》をよろしくね」

留吉がそう言って手を振った。忠次と銀太、新七は頷いてから歩き出した。

三

角の板塀から顔だけ出して覗くと、件《くだん》の家には雨戸が立てられていた。人が出入りしている様子はない。誰かが引っ越してきたということはなさそうだった。

それでも万が一を考えて、三人はしばらくじっと眺めていた。しかし、ひっそりとした横丁には人間はおろか、猫の子一匹すら現れなかった。やはり空き家のままのようだ。

「……何だよ、子供なんていないじゃないか」

しびれを切らした銀太が口を尖らせて文句を言い、通りへと足を踏み出した。耳のそばに手を当て、鼻をくんくんと動かしながらその家へと向かっていく。

少し遅れて、忠次も後に続いた。なるべく足音を立てないようにしながら、銀太と同じように耳を澄まし、臭いを嗅ぎながら歩く。

子供の声など聞こえなかったし、おかしな臭いも感じなかった。途中で一瞬だけ妙な臭いを嗅いだ気がしたので、思い切り鼻から息を吸い込んでみたが、その臭いはもうどこかへ漂っていってしまったらしく、何も感じなかった。新七が嗅いだのは気分が悪くなるほどの嫌な臭いだったというので、それとは違うのだろう。

結局何事もないまま忠次がその家の前に着いた時、銀太が大きなくしゃみをした。

「ああ、ちくしょう。鼻に虫が入ってきやがった」

「そうみたいだね。でも心配いらないよ。口から出て、どこかへ飛んでいったから」

そう言いながら忠次は後ろを振り返った。ついて来ていると思っていた新七は、途中で立ち止まっていた。顔をひどく顰めている。

「どうしたの？」

「おいおい、どうしたのって……二人ともこの臭いが分からないのかい」

新七は自分の鼻をつまんだ。よく見ると目にうっすら涙を浮かべているようだ。よほど嫌な臭いがしているらしい。

忠次は銀太を見た。ぽかんとした顔をしている。多分、自分も似たようなものだろう。

「……おいらたちにはまったく感じないみたいだ」

念のために新七が立っている所まで戻って、忠次は鼻を動かしてみた。

「この辺りでさっき、ちょっとだけ変な臭いを嗅いだけど、今はしないよ」

「ああ、ごめん。それ多分、おいらの屁だ」

空き家の前で銀太が言った。

「危うく思い切り吸い込んじゃうところだったじゃないか。やめてくれよ」

「何とか音は消せたんだけどな。だけど新ちゃんが感じている臭いは、もちろんそれとは違うんだよね」

新七は鼻の前で手を振った。臭いを払っているのか、違うという意味でやっているのか分かりにくいが、多分両方なのだろう。少なくとも、喋るのが嫌だというのは分かる。それほどの臭いなのだ。

忠次はもう一度、辺りを嗅いでみた。やはりおかしな臭いはしなかった。

「仕方ないな。新ちゃんは角まで戻って、そこで待っててよ。おいらと忠ちゃんで中を見てくるから」

銀太が空き家の脇の、隣の家との隙間を覗き込みながら言った。忠次はびっくりする。

「ちょっと銀ちゃん、まさか勝手に入る気なのかい。ここは間違いなく空き家だよ」

「留ちゃんへの土産話のために、本当に誰もいないのか、ちゃんと確かめなきゃ」

「やめときなよ。それに、中には入れないだろうし」

「家ってのは閉め切っておくと早く傷《いた》んじゃうから、家主さんとか、あるいは頼まれた人がたまに来て、風を入れているはずなんだ。出入りするのにいちいち錠をかけたりするのは面倒だから、裏口かどこかは開いていると思うよ。空き家ってのはどこも、たいていはそんなものなんだ」

「へえ」

「で、気づいたら猫が入っちゃってて、子猫をたくさん生んじゃう」

「それはうちの長屋の話じゃないか」

嘘か真か知らないが、その昔、ある晴れた日に大家の吉兵衛が空き店の掃除をし、風を入れるために戸を開けっ放しにしていったん離れ、厠で用を済ませて戻ってきたら、もう野良の雌《めす》猫が五、六匹の子猫を生んだ後だった……というのが溝猫長屋に猫が増えた始まりらしい。

ちなみに溝猫長屋と呼ばれるようになったのは、夏になるとその猫たちが溝板の隙間から入り込んで、溝の中で涼むからだという。さすがにそれは嘘だろう、と思った忠次は、一度銀太たちと夏の暑い日に路地の溝板をすべて外してみた。すると驚いたことに、二、三尺の間をおいて猫が点々と寝そべっていたのである。こちらは間違いなく本当の話だった。

だから溝猫長屋の子供たちは、井戸端で水を無駄に捨てると、「そんなことをすると猫が溺れるよっ」と叱られる。さすがにそれは嫌なので、どの子も水を大切にするように育つという。忠次自身がそうなので、これも本当の話だ。

「とにかく裏を覗いてみよう」

そう言い残して銀太の姿が建物の向こうへ消えた。忠次は新七を残して空き家の前まで戻り、銀太が入っていった建物の隙間を覗き込んだ。

ちょうど銀太が空き家の裏側へと回り込むところだった。忠次は念のために辺りを見回し、近所の大人に見られていないことを確かめてから建物の間に入った。

裏側に抜けても、やはり裏手の長屋との間にある板塀が迫っていたので狭かった。しかも、なぜかそこに銀太の姿はなかった。どこへ行ったのだろうと思いながらよく見ると、少し先に戸口があって、わずかに開いているのが目に入った。もう中に忍び込んだ後らしい。

「銀ちゃん、どこだい」

戸口から中を覗きながら、忠次はそっと声をかけた。誰かに見つかったらまずいという思いがあったので、かなり小さい声になる。そのせいか銀太には届かなかったようだ。返事は戻ってこなかった。

戸口に首だけを入れ、中をきょろきょろと見回す。雨戸が閉じられているために、空き家の中は薄暗かった。しかしこの裏口からの光でかろうじて中の様子が分かった。

裏口の狭い土間を上がってまず部屋があり、その先にもう一間ある。襖《ふすま》は開け放たれているのでよく分かる。どうやら一階はその二部屋だけらしい。不思議なことに、そのどちらにも銀太はいなかった。

忠次から見て手前の部屋、つまり裏手側の部屋の隅に梯子段《はしごだん》があるのが見えた。まさか銀太は上に行ったのかな、と思った途端に、二階の床がぎしぎしと軋《きし》んだ。

——薄暗い空き家に勝手に忍び込んで、まず上から見るなんて度胸があるな。

たいしたものだと忠次は感心した。自分はそこまで豪胆にはなれない。おいらはここで待っていようかな、という考えが頭に浮かんだ。

しかし、忠次はすぐにその考えを改めた。肝っ玉の小さいやつ、なんて思われたら癪《しゃく》だからである。男は時に、見栄を張ることも大切なのだ。

——だけど……軽く一階を見て回るだけにするかな。

薄気味悪いので、それで誤魔化《ごまか》すことにした。

「……お邪魔します」

明らかに誰も住んでいない様子だが、忠次は小さい声で挨拶してから中に足を踏み入れた。どうやら銀太は草履《ぞうり》を履いたまま上がったようだが、忠次はちゃんと土間で履物を脱いだ。空き家とはいえ他人の家、土足で入ることなどできない。中途半端に真面目なのである。

手前の部屋に上がって奥に進んだ。一歩足を踏み下ろすたびに、ぎっ、ぎっ、という音が立つ。裏口が開いていたから銀太の言ったように誰かがたまに風を入れに来ているのだろうが、それでも長く空き家のままなので傷み始めているようだ。

忠次は敷居を越えて次の部屋に入った。その真ん中の辺りまで来た時、不意に背筋に寒気が走った。

――な、なんだ？

びっくりしながら辺りをきょろきょろと見回した。もちろん周りには誰もいない。何一つ物が置かれていないがらんとした部屋なので、それは明らかだった。しかし、銀太とは別の何者かが家のどこかにいて、じっと忠次の様子を見ているような気がした。

もちろんこれは気のせいだよな、と思いながら耳を澄ました。留吉が聞いたという子供の声はおろか、近所の人の話し声なども届いてこない。立ち止まっているのか、銀太が動く音も聞こえてこなかった。耳に入ってくるのは自分の息遣いだけだ。

少し強めに息を吸って、臭いを嗅いでみる。やけに埃《ほこり》っぽい、そして黴《かび》臭さも混じる空き家の臭いがした。決して良い香りではないが、少なくとも新七が言っていたような、水気を含んだ腐った土の臭いとは違う。

――別に何もないよな。

忠次は心を落ち着かせるために、一度ふうっと大きく息を吐き出した。勝手に忍び込んでいるからびくびくして、それでありもしない妙な気配を感じてしまっているだけだ。平気だ、ここは誰も住んでいない、ただの空き家なのだ……。

――いや、待てよ。ただの空き家ではないかも。

ここに来る前に新七が言っていたことを忠次は思い出した。この家でずっと前に人殺しがあったという。そのために借りる人がいなくて空き家のままだという話だった。

もしそれが本当なら……。

――まさか出るんじゃないだろうな。

もちろん幽霊のことだ。忠次はまた背筋がぞっとし、ぶるっと身を震わせた。そしてこの、幽霊が「出る」という言葉で、別の人が言っていたことも思い出した。

耕研堂で、師匠の古宮蓮十郎から聞いた話である。あの祠にお参りすると何が起こるのかを訊ねたが、蓮十郎は教えてくれなかった。ただその時に、「まだどのような形で出てくるか分からない」というようなことを言っていた覚えがある。

――出てくるって、はやりそれは……。

いや、待てよ。確かお師匠さんは、「あまり気に病むな」とも言っていたはずだ。だから怖がることなどないのだ……多分。

——でも、とにかくここからは出た方がいいよね。

弱気になった忠次は、もう一度辺りを見回した。どこかの隙間から誰かが覗いていたら嫌だな、と思ったが、幸いそのような者は目に入らなかった。ただ、何者かに見られているような気がするのは今も続いている。

裏口へ戻るために足を踏み出した。ぎっ、ぎっ、と足下が軋む音が妙に大きく感じられる。それを聞きながら、梯子段のある方の部屋に入った。目指す裏口はすぐそこだ。

開いた戸口から差し込む表の光が心地よく感じられた。忠次は安心して、ほうっ、と息を吐き出した。その瞬間、ばりばりばりっという音が部屋の中に響いた。

同時に目の前が大きく揺れ、忠次の体が下へと沈み込んだ。

「ふあああぁ」

情けない悲鳴が喉《のど》から漏れる。思ったよりも家の傷みは激しかったようで、床板を踏み抜いてしまったのだ。左足はそのまま上に残っているが、右足が床板の下の地面についてしまっている。股が痛い。

——まずいことになった。

近所の人が来る前に逃げなくちゃ、と忠次は思った。力を込めて右足を持ち上げる。だが、どういうわけか動こうとしなかった。何かに引っかかっているのだ。

左足を踏ん張り、もう一度力を込めて右足を動かした。妙に重いが、少しだけ持ち上がった。

気合を込めてさらに上げようとする。

駄目だった。途中で止まってしまった。

しかも、それだけではなかった。一度は半分くらいまで持ち上がった右足が、また下へと引っ張られてしまったのだ。これは、何かに引っかかっているのとは違う。

どうも何者かに足首を摑《つか》まれているような感じがする。よくよく考えると、足がついている地面も何だか妙に柔らかい。人の上に載っているかのようだ。

さらによく考えてみると、初めに床板を踏み抜いた時も、実は下から引っ張られたような気がしていた。しかし穴などなかったから、それだと床から人の手が生えて忠次の足首を摑んだことになってしまう。

——いや、まさか……。

そんな馬鹿なことがあるはずはないと思いながら、忠次はゆっくりと目を下へと動かした。右足が入り込んでいる破れた板の隙間から、床下を恐る恐る覗き込む。

薄暗い床下の地面の上に仰向けに寝そべっている男の子と目が合った。年は忠次と同じくらいの子だ。右腕を伸ばして、しっかりと忠次の足首を握っている。

その腕も、そして顔もやけに白く、闇にぼうっと浮かび上がって見えた。所々に黒っぽい色の斑点《はんてん》が浮かんでいる。腐りかけているのだ。一目で生きている者ではないと分かった。

「うわぁぁぁぁ」

先ほどの情けない悲鳴とは違う、気合の入った大声が忠次の喉からほとばしった。それが合図であったかのように、ばきばきばきっと、これも先ほどとは比べ物にならないほど大きな音が家中に響き渡り、部屋全体の床板が一気に下へと落ち込んだ。

もちろん忠次の体も下へと落ちた。思わず目を閉じる。うつ伏せに倒れ込んで体中に痛みが走った。舞い上がった埃を吸ってしまい、激しく咳《せ》き込む。

咳がようやく収まって目を開けると、あの男の子の顔がすぐ前にあった。忠次と目が合うと、男の子は頰《ほお》を引きつらせて、にいっ、と笑った。

――さっきから誰かに見られているような気がしていたけど、こんなところにいたんだ。

忠次の目の前がすうっと暗くなった。どうやら気を失ったらしかった。

四

忠次、銀太、新七の三人は、耕研堂にいる。

部屋には他に三人の大人がいた。師匠である古宮蓮十郎、長屋の大家の吉兵衛、そして目明しの弥之助である。三人は顔を突き合わせて、何やら小声で話し合っている。

あの空き家の床下で気を失った忠次だったが、それはわずかな間のことで、すぐに目を覚ました。横を見るとあの男の子の姿はなかった。ほっとして見上げると、心配げに覗き込む多くの大人たちの顔が目に入った。どうやら忠次の悲鳴や床板が破れる物音で、近所中の者たちが集まってきたようだった。

忠次に大きな怪我はなかった。右足を少し擦《す》り剝《む》いただけだ。忠次を床下から引き上げてくれた人は、それを知ってにこりと笑った。

だがそれは束の間のことで、すぐにその人は怖い顔になった。当然だ。子供が勝手に空き家に忍び込んで、一部屋分の床をすべて駄目にしてしまったのだから。

よく見ると、別の大人に首根っこを摑まれている銀太と新七の姿があった。忠次も同じようにされ、三人そろって自身番へと連れていかれそうになった。

これは大事《おおごと》になりそうだと泣きそうになった時、ふらりと弥之助が現れた。さすがにこういうことにかけては顔が利くらしく、うまく取り成してくれた。だから町役人という、忠次から見ればおっかないほど偉い人々から大目玉を食らう羽目になることは避けられた。だが吉兵衛には知らされ、こうして手習所に連れてこられて説教を受けたところである。

吉兵衛からだけではなく、三人は師匠の蓮十郎からも説教を食らった。いつもなら銀太が途中で口を挟んで、うまいことうやむやにしてしまうのだが、今回は吉兵衛に睨まれてそれができなかった。そのお蔭で忠次は一つ利口になった。下手な者から長々と聞かされる説教は、うまい者から受けるよりはるかに辛い。

「いててて……」

横で新七が呟く声が聞こえてきた。足がしびれるか、腕の筋がおかしくなったかしたのだろう。顔を歪めている。

説教が終わってから、三人は右手に水の入った湯呑み、左手に火の点いた線香を持って天神机の上に正座させられているのだ。

これは手習所で行われる罰の中では重いものである。だがそれでも忠次は十日に一度、銀太に至っては三日に一度くらいは受けていた。幸か不幸か慣れてしまっている。

しかし頭の出来が良く、手習所ではいつもちゃんとしている新七がこの罰を受けるのは、六つの年から通い始めて今日が初めてらしい。

「脇を締めた方が疲れなくていいよ」

銀太が新七に耳打ちしている声も聞こえてきた。新七に物を教えることなんて滅多《めった》にないので、ちょっと得意げな様子だ。

「ほら、お前たち。喋ってないで、しゃんとしなさい」

すぐに吉兵衛がこちらを睨みつけた。

「はい、申し訳ありません大家さん。空き家とはいえ他所様の家に勝手に忍び込むような真似はもう二度といたしませんので、そろそろちゃんと教えていただけないでしょうか」

新七が神妙な口調で吉兵衛に訊ねた。

「何のことだね」

「もちろんあの祠のことでございます。今回のことと、かかわりがあるような気がするのですが……」

「ふうむ」

吉兵衛は唸って、弥之助と蓮十郎の顔を見た。三人はまた顔を寄せ合って小声で話し始めた。

しばらくそうした後で、吉兵衛が「うむ」と頷いて忠次たちの方を向いた。小首を傾げながら口を開く。

「実はな、今回のようにあからさまなのは初めてだから、儂《わし》らも戸惑っているのだよ」

「あからさま、とは何のことでしょうか」

「もちろん幽霊のことだ」

忠次が床下で男の子を見たことや、その前に新七が臭いを嗅いだり留吉が妙な声を聞いたりしたことはすでにこの大人たちに話してある。何を馬鹿なことを、と叱られるかとも思ったが、あっさりと受け入れられて何も言われなかった。

「今まではね、たとえ幽霊が出ても、薄ぼんやりと佇《たたず》んでいるとか、せいぜいそんなものだったんだよ」

吉兵衛の横で弥之助と蓮十郎がうんうんと頷いている。

忠次と銀太は顔を見合わせた。吉兵衛たちは忠次たちが幽霊を見ると分かっていたらしい。

「ええと、大家さん。新七と違っておいらたちは頭の出来が悪いから、一からちゃんと順を追って話してくれませんか」

銀太が言うと、吉兵衛は「ああ、すまん」と謝った。

「昔うちの長屋にお多恵ちゃんという女の子がいて、あの祠のある場所で亡くなった、というのは話したね。その子の魂を慰めるためにあの祠が作られたのだと」

忠次たちは頷いた。

「お多恵ちゃんが亡くなった事情についてはいずれ別の時に話すとして、今は祠のことを話そう。あれを作ったのはお多恵ちゃんの母親だ。お多恵ちゃんの父親は長患いでずっと臥《ふ》せっていてね、暮らしは母親のわずかな稼ぎによって成り立っていた。もちろん貧しいから、お多恵ちゃんは長屋のかみさん連中の針仕事を手伝ったり、あるいは子守をしたりしてわずかな駄賃を貰い、暮らしの足しにしていたんだ。だから手習には碌に通えなかったし、同じ年頃の子供たちと一緒に遊び回るということもほとんどなかった。それで、お多恵ちゃんが亡くなってから、あの場所に祠が作られたんだよ。あそこは長屋の子供たちの遊び場になっているからね。しかし、自分たちと同じような年頃の子があそこで亡くなったと知ったら、小さな子は怖がるかもしれない。それで、一番年上の男の子だけに事情を話して、その子たちだけでお参りするようになったんだ」

忠次たちはまた頷いた。それは納得できる。

「お多恵ちゃんが見守ってくれているのか、そうしてから長屋に住む子供たちはみんな体が丈夫になってね。たまには腹を下したり、転んで肘や膝を擦り剝いたりすることはあるが、重い病に罹《かか》ったり大きな怪我をするなんてことはまったくなくなったんだよ。もちろん命を落とす子もいない」

確かに吉兵衛の言う通りだった。流行《はや》り病でどこそこの子供が亡くなった、なんて話をたまに耳にするが、そんな時でも溝猫長屋の子供たちはぴんぴんしている。

「それから、これは明らかにあの祠のお蔭なんだが、うちの長屋から商家に奉公に出たり職人の修業に行ったりした者は、どの子もみんな熱心に働くと評判なんだ。まあ、下手なことをして追い出され、長屋に戻されたりしたら大変だという思いがあるからだろうが」

「はあ……」

「さて、ここからが本題だ。もう薄々感づいていると思うが、あの祠にお参りするようになるとね、不思議なことに、『幽霊が分かる』ようになるらしいんだよ」

「ああ、やっぱり」子供たちはいっせいに声を上げた。「それならそうと、前もって教えてくれればこんな大事にならなかったのに」

「これから大人になって独り立ちしていく少し手前の男の子たちだから、精神鍛錬の意味を込めて、実際に幽霊を目の当《まあ》たりにするまでは内緒にしておくのが慣例なんだ。これまではそれでうまくいっていたんだよ。さっきも言ったように、ここまであからさまなのは初めてのことなんでね。もっとも、ちゃんと前触れがあったのにもかかわらず、人が殺されたという噂のある空き家に乗り込んでくような大馬鹿者が、これまではいなかっただけなのかもしれんが。まったく知らなかったならまだしも、新七がどこかから聞き込んでいたそうじゃないか」

　忠次たちは体を竦めて小さくなった。吉兵衛から説教を受けた際に、あの空き家でかつてあった人殺しの件も詳しく聞かされている。殺されたのは栄三郎《えいざぶろう》という名の、今の忠次たちと同じ十二歳の子供だった。

　栄三郎はその日たまたま熱を出して、手習を休んで寝込んでいた。母親はすでに亡くなっており、父親は仕事に、他の兄弟は手習に行っていたので、家には栄三郎一人だけだったそうだ。そこへ、留守だと思い込んだ空き巣狙いの泥棒が忍び込んだのだった。

栄三郎は泥棒と鉢合わせになったようだ。顔を見られたためだろう、首を絞められて殺されてしまった。

もっとも、それが分かったのは数日後のことだった。栄三郎を殺した輩《やから》は、死体を床下に隠してから逃げたのだ。だから、初めは神隠しに遭《あ》ったのではないかと思われていた。

死体が見つかったのは、嫌な臭いが家の中に漂い始めたからだった。つまり、腐ってきたのだ。それを不審に思った父親が床板を外し、変わり果てた我が子を見つけたのだという。

――そこまで細かく知っていたら、忍び込んだりしなかったのに。

目の前でにいっ、と笑ったあの男の子の顔を思い出し、忠次は身震いした。

「……大家さん。前触れとおっしゃいましたが、それはいったい何のことでしょうか。もしかして……」

新七が訊ねると、すぐに吉兵衛は頷いた。

「うむ。お前が嗅いだ臭い、それから留吉が聞いたという声のことだ。これまでもね、幽霊が出てくる前にそういうことを感じた子供がほとんどだったよ。たいていはそれで恐れをなして、その場所には近づかなくなったんだが、まったくお前たちときたら……」

こんな連中は初めてだよ、と吉兵衛は嘆くように首を振った。

「……まあ、別々の人間が感じたのだから仕方がないところはあるかな。これまでは一人の者がまず臭いを嗅ぎ、次に音や声を聞き、最後に幽霊の姿を見た。いきなりではなく、徐々に感じるようになっていったんだ。年長の者が二人いた年は、それが交互にやってきた。一方が嗅いだり聞いたり見たりしている時は、もう片方の者は何も起こらなかったんだよ。ところが今回は人数が多いからか、一つの件で『嗅ぐ』『聞く』『見る』が分かれてくるらしいな。今回は新七が『嗅ぐ』、留吉が『聞く』、忠次が『見る』番になったが、次の機会があったら変わるかもしれない。どんな順番になるか知らんが」

「そ、そんなことがあるんですか」

「うむ。よくよく思い出してみたら、かなり前に一度だけ、お参りするのが三人という年があった。その時も『嗅ぐ』『聞く』『見る』が別々の者に交互に来たよ。すぐに一人が長屋を出て奉公に行ったんで、すっかり忘れていた。今度も多分同じだ」

「あのう……」銀太がおずおずと口を出した。「おいらだけは何もなかったんだけど」

「うむ、四人いるからね。お前は一回休みだ」

「そんなのもあるのか……」

はあぁ、と深い溜息を吐いて、銀太ががっくりと項垂《うなだ》れた。

忠次はちょっと不思議に思った。銀太はいつも前向きで、親や師匠に叱られても平気な顔をしている子なのだ。それに今回、銀太は一回休みの番に当たり、何も怖い目に遭ってはいない。それなのに随分と肩を落としている。

「どうしたの、銀ちゃん？」

忠次が訊ねると、銀太は力なく首を振った。

「いや、幽霊が分かるようになるだけか、と思ってがっかりしたんだよ。おいら、別のことを考えていたから」

「そういえば、妙に楽しみな様子だったよね。何が起こると思っていたの」

「小さな子供には内緒で、これから大人になるちょっと手前の男の子だけが呼ばれるわけだろう。だからさ、詳しいことまではうまく言えないんだけど、なんかその……ちょっと助平なことなんじゃないかって思ってたんだ」

「おおいっ」

銀太を除いた五人が一斉に声を上げた。

その後、銀太だけ手に持つ線香が追加され、長く正座させられることとなった。

五

「なかなか今年は楽しめそうですね」

吉兵衛による長い説教がようやく終わって耕研堂を辞した弥之助は、隣にいる吉兵衛に向かってぼそりと呟いた。子供たちは数間ほど前を、背中を丸めて畏《かしこ》まりながら歩いている。溝猫長屋へと帰る途中だ。

「どこが楽しいもんか。危なっかしいったらありゃしない。怪我でもしたら大変だよ」

吉兵衛が苦々しい顔で返事をする。

「まあ、大家さんはそうでしょうねぇ」

吉兵衛の顔を見た弥之助は軽く笑った。

どこの長屋の大家もたいていは口うるさいものだが、吉兵衛はその中でも特にそうである。大人の店子《たなこ》に対してももちろんだが、とりわけ子供には厳しかった。だがそれは、決して子供嫌いだからというわけではない。吉兵衛はむしろ大の子供好きなのだ。しかし同時にひどく心配性なものだから、ことさらにうるさくなってしまうのである。

お多恵ちゃんの祠にお参りするようになってから溝猫長屋の子供たちが大きな怪我をしたり病に倒れたりすることがなくなったのは事実で、それが祠のお蔭であるということに異論はないが、それと共にこの吉兵衛の口うるささが大きいとも弥之助は考えていた。

木に登ったら危ないとか、子供だけで川に遊びに行くなとか、拾い食いをするなとか、とにかく子供の顔を見ればすぐに叱言《こごと》が始まる。そうしながら相手の顔色を見て、ちょっとでも具合の悪そうな様子をしている子供がいれば目ざとくそれを見つけて自ら医者を呼びに走る。たいていは吉兵衛の叱言に嫌気が差して顔色が悪くなっただけで、呼ばれた医者がぶつぶつ文句を言いながら帰るだけに終わるが、それはともかく、そうした吉兵衛のお蔭で溝猫長屋の子供たちはみな無事に育っているのだと言える。

——もっとも家主稼業を始めて早々に、お多恵ちゃんのことがあったからな。

吉兵衛がそうなったのも仕方がないと弥之助は思っていた。

「……確かに大家さんの言ったように、幽霊が出るという噂のある場所にわざわざ乗り込むような子供たちは今回が初めてです。心配なさるのは無理もありません」

これまでにも、あの空き家で栄三郎の霊を感じた子供は何人もいた。しかしみな臭いや声を聞いただけで怖気《おじけ》づき、誰一人として中に足を踏み入れた者などいなかった。

当たり前である。幽霊がどうとか以前に、そもそもあそこは空き家とはいえ他人の家なのだ。そこへ勝手に入り込むような悪戯者はそうそう出てこない。

「まったくあいつらときたら……まだまだ叱言が足りないよ。少なくともあと三日くらいは続けないといけないな」

「いや大家さん、あまり叱りすぎるのもどうかと思いますよ……。それにあの子供たちのお蔭で、栄三郎が殺された一件が動き出しそうな気もしますし」

「ほう。どういうことかね」

「いや、まだはっきりとは言えないんですが……今回、忠次が栄三郎の幽霊によって床下に引き込まれたでしょう。それについて、腑《ふ》に落ちないことがありましてね」

栄三郎が殺されたのは今から十年近く前のことだ。その下手人《げしゅにん》はまだ捕まっていない。泥棒の仕業《しわざ》らしいと目星がついているのは、その頃、忍び込まれた家がその近所に何軒もあったためだ。栄三郎のことがあってからは、ぴたりとそれが止《や》んでしまった。下手を踏んだので慌てて姿を晦《くら》ましたに違いなかった。

この栄三郎の件が起こったのは先代の親分の時で、弥之助はその頃、まだあちこちで悪さをして歩いていた。後にその親分に拾われて目明しの手下となり、働きを認められて養子に入って後を引き継ぎ今に至っている。だから直にその件にかかわったわけではないのだが、今はもう亡くなった先代から詳しく聞いているので、その時のことはよく知っている。

「……殺された栄三郎の亡骸《なきがら》は床下に隠されていた。だから忠次が床下に引き込まれたのは分かります。しかし……場所が違うんですよ。亡骸は通り側の部屋、つまり、今回床板が落ちたのとは別の、もう一つの方の部屋の下に置かれていたんです」

腐ってきたために臭いがして、床板を上げたらすぐそこに栄三郎の死体があった。だから事件があった時に、もう一方の部屋の床下までは詳しく調べていないのである。

これまでにもまだあの空き家に栄三郎の幽霊が棲んでいることを感じた子供たちがいたが、その子たちから話を聞いた弥之助は、単に殺された恨みで成仏できず、迷っているのだろうと考えていた。しかし……。

「……もしかしたら何かあるのかもしれません。それを伝えたくて栄三郎は姿を現したのではないでしょうか。もちろんまだ確かなことは言えませんが、念のため調べてみようかと考えているのですが……」

「うむ。何か出てきたら面白いな」

「そうなったらあの子供たちの手柄だ。ですから、大家さんも叱言を聞かせるのは抑えて……」

「いや、駄目だっ」

吉兵衛はきっぱりと言い放った。大きな声だったので前を行く三人がびくりと体を震わせ、立ち止まって恐る恐るこちらを振り返った。いいから早く歩けという風に弥之助が手を振ると、子供たちは首を竦めながら再び歩き出した。

「あの様子なら、しばらくは大人しくしているのではありませんか。それどころか、これまでの子のように長屋から出ていきたくなるかも」

「甘いな。他の子はともかく、銀太にはここでちゃんと釘を刺しておかないといけない。まったくあれは懲《こ》りない子供だからね。長く家主稼業をしているが、あんな子は久しぶりだ。それこそ……弥之助、お前以来だな」

吉兵衛がじろりと睨んだので、弥之助は首を竦めた。

弥之助は子供の頃、吉兵衛が家主をしているあの長屋に住んでいたのである。その頃はまだ溝猫長屋とは呼ばれていなかったし、お多恵ちゃんの祠もなかったが、その他は今とほとんど変わっていない。長屋の建物がまだ新しかったのと、吉兵衛が今より若かったくらいだ。弥之助が縄張りとしている土地には他にもたくさんの大家がいるので、それぞれ名前や屋号で呼んでいるが、その頃の名残《なごり》があるので今でも吉兵衛のことは大家さんと呼ぶ。

弥之助はそこで名うての悪餓鬼《わるがき》として育ち、勝手に家を飛び出して悪の道へと走ったのであった。吉兵衛が子供にあれこれと説教するようになったのには、間違いなく弥之助も一役買っている。

「お前のような屑《くず》になっちまったら大変だからね。やはりあの子たちには、しっかり言い聞かせておかなければならない」

はっきり屑と言い切られて、弥之助は苦笑いする。

「はあ……、いや、私が屑であるのは認めますけど、面と向かって言わなくても……もう少し柔らかい言い方に変えるとか」

「いいや、儂はあの時、お前にもっと厳しく当たるべきだったと後悔しているんだ。うちの長屋を飛び出していってしまったが、草の根分けても探し出し、首に縄を付けて引っ張ってくればよかった。だいたいお前は……」

吉兵衛の叱言が始まった。恐らく溝猫長屋に着くまで続くだろう。

一応はお上の御用を承っている岡っ引きは、虎の威《い》を借りて威張り散らしたり、言いがかりを付けて金を脅し取ったりする輩も多くて、世間から鼻つまみ者になっているのは確かだ。しかし面倒を避けるためにたいていの人は下手に出て、おだてたりする。しかし吉兵衛は弥之助に対して、そんな様子は微塵《みじん》も見せない。すでに両親が死んで長屋とは縁が切れているのに、いまだに店子と同じような接し方をしている。

——まあ、餓鬼の頃に随分と迷惑をかけたから仕方がないが……。

しかし、こうして大人になってからも説教を聞かされ続けるとは思わなかったと、弥之助は首を竦めながら深く溜息を吐いた。

前を見ると、三人の子供たちが振り返ってこちらを物珍しそうに眺めていた。泣く子も黙る弥之助親分と界隈で恐れられている人間が、吉兵衛から叱られているのが不思議なのだろう。

格好悪いなぁ、と思いながら、さっさと行け、という風に弥之助は子供たちに向かって手を振った。

ついて来る者

一

「どう思うの、忠ちゃんは？」

天神机を並べて隣に座っていた留吉が、囁《ささや》くような声で訊ねてきた。

「何が？」

同じように声を潜めて答えながら、忠次は手習師匠の古宮蓮十郎を盗み見た。他の手習子を自分の机の前に呼んで、その子が書いた字を朱墨《しゅずみ》で手直ししているところだった。筆遣いなどを一画一画いちいち丁寧に教えている。こうなると蓮十郎は周りのことにあまり気を払わなくなるので、少しくらい無駄話をしても平気だ。

「どれのことを言ってるんだい」

「あれだよ」

「ああ、それのことか……」

何やら年寄りの会話じみているが、もちろん忠次と留吉はまだこうして手習に通っている十二になったばかりの子供である。あれとかそれとか言ってはっきりと口に出さないのは、この少年たちに降って涌いた災難があまりにも迷惑、かつ恐ろしいものだからだ。それで二人はこんな話し方になっている。

しかし同じ立場の仲間でありながら、まったく意に介していない者もいる。留吉とは反対側の隣に座っていた銀太が、平気な顔で口を挟んできた。

「ああ、お化けの話ね」

「お前なぁ……」

舌打ちしながら忠次は辺りに目を配った。はっきりと言わないのにはもう一つわけがある。周りにいる年下の男の子たちに知られないようにしているのだ。

部屋には忠次や留吉の弟など、同じ溝猫長屋に住む男の子が数人、やはり天神机を並べて手習をしているが、みな師匠から渡された手本を睨みながら真面目に筆を動かしており、この「見習ってはいけない出来の悪い年長者たち」のお喋りになど誰も耳を傾けていなかった。

忠次たちの仲間で唯一、「見習うべき子」である新七は、三人から少し離れた場所にいて、今年から手習に通い始めたまだ幼い子の面倒を見てやっていた。新七は、自分がするべき分はとっくに片付けてしまったのである。表店と裏店の違いはあれど、同じ年に同じ長屋に生まれ、同じように遊んで育ち、同じ手習所に通っているというのに、どうしてこうも出来が違うのかね、と不思議に思いながら忠次は銀太へと目を戻した。

「頼むからそうはっきりと言わないでくれよ。怖いんだからさ」

「そりゃ忠ちゃんや留ちゃんはそうだろうけど、おいらは違うんだよ。一人だけ、なぁんにも起こってないんだから」

　栄三郎という子供が殺されたという空き家の前で新七が嫌な臭いを嗅ぎ、留吉が妙な声を聞き、そして中に忍び込んだ忠次が栄三郎自身の幽霊を見てしまってから十日が経っている。その間、一人だけ何事もなかった銀太はずっと愚痴《ぐち》を言いっ放しだ。

「どうしておいらだけ仲間外れなんだよ。生まれた時からずっと一緒だったじゃねぇか。一緒に溝板を外して猫が点々と寝ているのを眺め、一緒に裏の柿の木に登って大家さんに叱られ、一緒に祠に小便をして罰が当たった仲間だろうが」

「いや、最後のは銀ちゃんだけだから」

　まだ五つか六つだった時、その頃から悪戯者だった銀太は、他の子が止めるのも聞かずにあの「お多恵ちゃんの祠」に小便をかけたことがあるのだ。そして見事に罰が当たり、大事なところが腫《は》れ上がった。後で泣きながら祠に謝ったので腫れはその日のうちに引いたが、一時は医者を呼ぶ呼ばないの騒ぎになったために、この件は溝猫長屋だけでなく町内中に知れ渡っていた。

「お多恵ちゃんの祠」にお参りすると幽霊が分かるようになる、ということは長屋の一番年上の子供以外には隠されているが、祠に小便をかけて大事なところを腫らした銀太の話は年下の子供たちの間に今もしっかりと語り継がれている。お蔭でそれから六、七年が経つが、銀太に続く愚か者は出ていない。

　忠次が何となくあの祠に対して近寄りがたさを感じているのは、多分そのことが原因でもあると思われた。

「……うん、まぁ小便のことはともかくとして、おいらだって忠ちゃんや留ちゃんみたいに見たり聞いたりしてぇよ。どうして一人だけ仲間外れなんだよぉ。ううっ……」

銀太は顔に袖を当てて泣くふりをした。

「おい三人とも、さすがにお師匠さんも気にし始めて、さっきからちらちらと見てるぜ」

新七が近寄ってきて、周りを憚《はばか》るような小声で言った。銀太がその新七の足に縋《すが》りついた。

「ああ新ちゃん、おいらも嫌な臭い嗅ぎてぇよぉ」

「いきなり何だよ」

新七は驚いた顔で銀太を見下ろした。しかし頭が良いからかすぐに分かったらしく、「ああそのことね」と言いながら三人の前に座った。

「それなら気にしなくても、次の時には銀ちゃんも何かあるんじゃないのかな。大家さんや親分さんは順番に来るんじゃないかって言っていたから」

「それってさ、『見る』と『聞く』と『嗅ぐ』が順番に来るってことだよね」

留吉が顔を曇らせながら訊いた。うん、と頷いて新七が答える。

「それと、何もない時もある。四人いるから」

「つまりさ、この間の空き家の時は、おいらは妙な声を聞いたから、次は『嗅ぐ』か『見る』か、あるいは何もないかの、どれかということなのかな」

「多分ね」

「そうか……、見るのは嫌だな……」

留吉は呟くように言った。それを聞いた忠次は、他の三人に悪いと思いながらも、心の中でにんまりした。自分は初めに「見る」が来た。心の準備ができてなかったせいでとんでもなく肝を潰《つぶ》したが、早くに一番おっかないのが去ってくれた。残っているのは「聞く」「嗅ぐ」「何もない」のどれかだ。これから三回は気楽である。

「でも……」新七が忠次の方をちらりと見ながら言った。「もしかしたら、二回続けて同じのが来ることもあるかもね」

「そんな……」

忠次は溜息交じりに呟いて肩を落とした。なぜか隣で銀太もがっくりとしている。もし同じのが続いたら怖い目に遭わずに済んで喜ばしいはずなのだが、よほど仲間外れにされるのが嫌なのだろう。

「まあ、実際に来てみないとどうなるかは分からないよ。しかもそれがいつになるのか知れない。それなのに、こんな風にうじうじと悩んでいるのは馬鹿らしいだろう。だからさ、気分を変えるために、今日は手習が終わったらどこかに行かないか。長屋にいたら、また同じことを話し始めそうだし」

「ああ、それもそうだな」

新七の提案に、気分の切り替えが早い銀太がすぐに同意した。

「それなら久しぶりに釣りにでも行こうか。そろそろ水も温《ぬる》くなってきたから、魚も餌《えさ》に食いつくだろう」

すぐ近くに古川《ふるかわ》の流れがあるので、四人はこれまでにもたまに釣りに出かけていた。ただし、こっそりと隠れて行かねばならない。なぜなら子供だけで川遊びをするのは危ないと叱られるからである。親ももちろんだが、特に大家の吉兵衛がうるさい。見つかると叱言をたっぷりと食らう羽目になる。

それに親の釣り竿《ざお》を勝手に持ち出すから、というのもある。忠次や銀太の父親は釣りをしないので釣り竿を持っていないが、新七の父親は釣り好きで、竿が何本もある。だからこれを拝借していくのだが、困ったことに特に注文して作ったような立派な釣り竿ばかりなのだ。だから、使ったのがばれると怒られる。

「……ううん、行きたいのは山々だけど、おいらは無理だな。あいつらを見ていなけりゃならないからさ」

熱心に筆を動かしている弟たちを見ながら、留吉が残念そうに言った。すぐ上の兄が奉公に出てからは留吉が弟妹たちの世話を一手に引き受けているので、他の三人と一緒に長屋の外に遊びに行くことがめっきり減っている。

「しかし、あんまり出歩かないで長屋ばかりにいると面白くないだろう。いっそのこと留ちゃんの弟たちも引き連れて……ああ、川はちょっと無理か」

他の場所ならいざ知らず、さすがにちょろちょろと動き回る連中を水辺に連れていくのはまずい。

「それなら別の所に行こうか。それとも、どこかへ行くのはやめて、おいらたちも長屋にいることにしようか」

忠次が言うと、留吉は慌てたように首を振った。

「いや、それじゃ悪いからさ、三人で行ってきなよ。おいらは土産話を待っているから」

「……確か、この前も似たようなことを言ってたよね」

そしてその後、栄三郎の幽霊によって空き家の床下へと引き込まれた。忠次は何となく嫌な気がしてきた。これは、やっぱりやめようと言うべきかな、と考えていると、すでに行く気になっているらしい銀太が先に口を開いてしまった。

「任せとけ。留ちゃんのために、こんな大物を釣ってやるから」

銀太はそう言いながら腕を広げた。もちろん魚の大きさを示すためだが、手にしていた筆のことを忘れていたようだ。すぐ隣に座っている忠次の頬に、べちゃりと筆先が当たった。

「ああ、ごめんよっ」

銀太が大声で謝ってきた。悪戯小僧で悪さばかりしているが、こういう時にはすぐに詫びの言葉を出す大変に素直な子供なのである。いい奴だと忠次は思う。しかし、今はまずい。声が大きすぎる。

「こら、お前たち。何をやってるんだっ」

蓮十郎の怒声が飛んできた。さっきまで手ほどきを受けていた子はとうに自分の席に戻っていた。どうやらしばらく前から、蓮十郎は忠次たちの様子を窺っていたらしい。

「年下の子たちが真面目にやっているのに、どうしてお前らは……」

蓮十郎の叱言が、そこでいったん止まった。梯子段を下りてくる足音がしたので、そちらに少し気を取られたのだ。この耕研堂は一階を忠次たち男の子が使い、二階では女の師匠が女の子たちを教えている。そのうちの一人が帰るところらしかった。

女の子は他の稽古事も習っている子が多いので、昼飯を食べに家に戻ってそのままそちらへ行ってしまう子もいるし、こうして早めに帰る子もいるのだ。

「……お師匠さん。男の子を二階にした方がいいのではないでしょうか。我々も足音を気にすることなく、手習に励むことができますし」

すかさず銀太が口を挟んだ。もちろんこれは蓮十郎の気を逸《そ》らして叱言をうやむやにしてしまう作戦である。下手をしたらまた留置になり、釣りに行けなくなってしまうからだ。

「なるほど、確かに一理あるかもしれぬ。だがな、残念ながら駄目なんだ」

蓮十郎はそう言いながら天井を指さした。忠次がその指の先を見ると、天井板の一部に、後から別の板を下から打ち付けている場所があった。そうしてからだいぶ経っているようで、すっかり周りの板と同じような色にまで汚れているので今まで気づかなかった。

「実は二十五、六年くらい前までは銀太が言ったように、ここは二階が男の子、下は女の子が使っていたらしいんだ」

「へえ。そんな前からここは手習を教えていたんですね」

「うむ。その頃、とんでもない悪戯小僧がいたらしくてな。ある時、何を思ったかその子は、机を幾つも高く積み重ねて、その上から飛び降りたそうなんだ。そうしたら二階の床板を踏み抜いて、さらに下の、その天井板まで破ったんだ。幸い体は梁《はり》に引っかかったから落ちずに済んで、片足が突き抜けただけだったらしいが、下にいた女の子たちは大騒ぎになったようだ。何しろ大きな音がして見上げたら、天井から足がぶらぶらしているのだからな。無理もない。それで、それからは二階を女、下を男が使うことになったんだ」

「つまり、銀太のような子がいたせいでこうなったんだ。知らなかったなぁ……」

忠次が呟くと、蓮十郎は大きく頷いた。

「うむ。さすがに昔のことだから知らなくて当然だ。しかし、二階であんまり暴れるとこうなるぞと教えるために、この話は語り継いでいった方がいいかもしれんな。銀太が大事なところを腫らした件のように」

町内中に知れ渡った話だからか、蓮十郎もそのことはしっかり耳にしていたようだ。忠次たちだけじゃなく、話を聞いていた年少の子供たちまで笑い出し、銀太は居心地が悪そうに背中を丸めて小さくなった。銀太には気の毒だったが、それで狙い通りに叱言がうやむやになり、お蔭で忠次たちは、この日は残されることなく家路につくことができた。

二

「今朝、二人が来る前に弥之助親分に聞いたんだけどさ」

垂らした釣り糸をぼんやりと眺めながら新七が言った。

お多恵ちゃんの祠にお参りするのは毎朝のことなので、今日も夜明けとともに祠の前に集まった。しかし初日からずっとそうだが、忠次と銀太はいつも最後になっている。二人が行くまで新七と留吉は大家の吉兵衛の話し相手をさせられているらしい。たまに弥之助親分も顔を出すので、その時は大人二人の話を聞く羽目になるという。忠次は少し申し訳なく思っているが、眠いのだから仕方がない。

「ほら、あの空き家で忠ちゃんが床下に落ちただろう。栄三郎って子の幽霊に引き込まれて」

「ああ」

忠次は返事をしながら身震いした。あまり思い出したくない話だ。

「あの後、忠ちゃんが落ちた場所を親分が調べてみたんだってさ。そこに男の子の幽霊がいるのはなぜだろうと思って」

「どうして？　栄三郎って子は空き巣狙いのけちな泥棒にたまたま見つかっちゃって殺され、床下に隠されていたっていう話じゃないか。それならそこに幽霊がいるのは不思議じゃない」

「場所が違うらしいんだよ。男の子の亡骸が見つかったのはそっちじゃなくて、もう一つの部屋の方の床下だったんだってさ」

「へえ」

忠次はあの空き家の造りを頭に思い浮かべた。忍び込んだのは裏口からだ。上がるとまず梯子段のある部屋。その先にもう一間あった。床板が抜けて忠次が落ちたのは裏口から見て手前の部屋だ。栄三郎の亡骸が置かれていたのはもう一つの、忠次が初めに寒気を感じた部屋の方らしい。

「それは……不思議かも」

「そうだろう。それで今になって弥之助親分が調べてみたら、ちょうど忠ちゃんが落ちた辺りに小さな袋が落ちていたんだって。よく見ないと分からないくらい、土埃で真っ黒になっていたそうなんだけど。で、それを開けてみたら、中から珊瑚玉《さんごだま》がころんと出てきた」

「何だそれ?」

「親分が言うには、亡きおっ母さんの形見だってさ。栄三郎って子は、早くに母親を亡くしていたんだ。珊瑚玉はその母親が若い頃に使っていた簪《かんざし》から取れてしまった物で、栄三郎はそれをお守りみたいな小さな袋に入れて首にかけ、肌身離さず持っていたそうだよ。つまり栄三郎を殺した野郎は、その亡骸を忠ちゃんたちが入り込んだ裏口の土間の方から床下に入れて、奥の部屋の下まで引きずっていったってことらしい。その途中で紐《ひも》が切れて、袋だけ手前の部屋の下辺りに残されちゃったんだ」

「ふうん」

その後しばらく経ってから妙な臭いがしたので、床板を外したら栄三郎の死体がそこにあった、という話は忠次も聞いている。さすがにその時には、手前の部屋の床下までは調べなかったのだろう。

「だからさ、きっと栄三郎はその袋を見つけてほしくて、忠ちゃんを床下に落としたんじゃないかな。あの世に連れていこう、みたいな悪気があったわけじゃなくて」

「だったらもっと優しく出てきてくれよぉ」

あの空き家の床下に落ちた時に目の前で見た、にいっと笑った栄三郎の顔を思い出した。もし新七の言うのが本当なら、それは忠次を怖がらせないようにと見せた笑顔だったのかもしれないが……。

――いやいや栄ちゃん、そりゃ無理だって。

かえって不気味さが増している。忠次はまた体をぶるぶると震わせた。

「ああ、やっぱり臭いを嗅ぐだけなのと、その目でしっかりと見てしまうのとではだいぶ違うみたいだな」

忠次の様子を見た新七が顔を顰めた。それから、一向に引きが来ない釣り竿を上げながら呟くように言った。

「よく考えたら、次は俺が見る番かもしれないんだよなぁ……」

気分を変えるためにと長屋を離れたのに、それを言い出した新七がその話をしてしまっている。やはり忘れるのは難しいようだ。

「下手に出歩かない方がいいのかなぁ……」

「案外と留ちゃんは弟たちの子守にかこつけて、手習に行く他はずっと長屋にいるつもりなのかもしれないね」

「それも一つの手だよな」

「おいらたちもそうした方が良かったかもね」

「そうすれば遭わなくて済むもんな……」

二人でごにょごにょと喋っていると、それまで黙って釣り糸を睨んでいた銀太が急に立ち上がった。

「忠ちゃんも新ちゃんもひでぇよ」

「はあ?」

「二人はいいよ。もう見たり嗅いだりしたんだから。だけど、おいらはまだなんだよ」

「あんなもん、見ない方がいいに決まってるよ」

「いいや、除《の》け者にされるくらいなら、思いっきり凄いのが出てくる方がいい」

銀太は空に向かって「こらお化けっ、出てきてみやがれっ」と叫んだ。その拍子に足が滑って尻もちをつく。そのままずるずると流れの方に尻で滑っていき、危うく水に落ちるという手前で止まった。

「おお、びっくりした。もう少しでおいらがそのお化けになっちまうところだった」

銀太は目を丸くしながら立ち上がり、着物の尻についた泥を払い始めた。

その時、がさがさと草を踏む足音が聞こえてきて、忠次は慌てて振り返った。あれ以来、物音や臭いに妙に鋭くなってしまっているのだ。どうやらそれは新七も同じとみえて、同じように少し顔を強張らせて足音のした方へ目を向けていた。

近づいてきたのは釣り竿を手に持った四十過ぎくらいの男だった。確か、少し離れたところで釣り糸を垂らしていた人だ。幽霊などではない。ただの暇などこかのおじさんだ。だが、それでも忠次は目を凝《こ》らして男の姿をじっくりと眺めた。頭が割れて血が出ているとか、半分腐っているとか、向こう側が透けて見えるとか、そういった様子は特になかった。ただし、ちょっと怖い顔をしている。

「こらっ、小僧たち。釣りをしている時に大声で喋るんじゃない。魚が逃げちまうだろうが」

どうやら忠次たちが騒いでいるのが気に障って文句を言いに来たらしかった。

「はい、ごめんなさい」

銀太がすかさず頭を下げた。体を縮め、しゅんとした顔付きになっている。叱られ慣れているせいか、こういう表情を作るのがうまい。もちろん忠次も似たようなものだから、銀太の横で小さく「ごめんなさい」と呟き、泣きそうな顔をしてみせる。新七は二人に比べれば大人から叱られることはまれだが、そこは商売人の子だから、「申し訳ありません」と丁寧に腰を折ってみせた。

「……う、うむ。まあそう素直に謝るのなら、俺もそうくどくどと言うつもりはないが……」

悪餓鬼どもを叱り飛ばしてやろうと意気込んできたのだろうが、気勢《きせい》が殺《そ》がれてしまったようだ。おじさんは少し困ったような顔になっている。

「……しかし、危うく川に落ちるところだったじゃないか。明け方に雨が降ったから、まだ草が濡れていて滑るんだ。気を付けないと駄目だぞ」

それでも大人の威厳ってやつを見せとかなければとでも考えたのか、おじさんはまた怖い顔に戻って忠次たちを睨みつけた。

三人が声をそろえて「はい」と返事をすると、おじさんは満足そうな顔で頷いた。大人の面目は保たれたということだろう。踵《きびす》を返し、さっき釣りをしていた元の場所へ戻ろうと足を踏み出す。しかし途中でその足を止めて振り返り、首を傾げながら三人に訊ねてきた。

「ところでお前たち、妙なことを叫んでいたな。お化けがどうのこうのと」

忠次は横目で銀太を見た。向こうもこちらの顔を窺っている。それならと反対側に立っている新七を見ると、やはり同じように忠次たちの方に目を向けながら眉根《まゆね》を寄せていた。

三人とも正直に話すかどうか迷っているのだ。つまり、「長屋にある祠にお参りしたら、お化けが分かるようになっちゃって……えへへ」と告げるべきかどうか、である。

新七が小さく首を振った。やめた方がいい、ということだ。溝猫長屋の住人ではない、見知らぬおじさんに話すようなことじゃないと考えたらしい。忠次もそのように思ったので、銀太の方を向いて「適当に誤魔化せ」と目配せした。

同じ長屋で生まれ育った仲だから、銀太はすぐに分かったようだった。小さく頷くと、にっこりと微笑みながらおじさんに言った。

「三人でお化けの話をしていたところなんだ。この二人は、この世にお化けはいるって思っているみたいなんだけど、おいらは見たことがないから何とも言えない。だからお化けに向かって、出てきてみやがれって叫んだんだよ。ねぇおじさん、お化けって本当にいるのかな」

まぁ、少なくとも嘘はついていない。それにこのおじさんなら、「いるわけがないだろう。馬鹿なことを言っていないでそろそろ帰りなさい」などと答えそうな気がする。そうしたら大人しく、すごすごと引き上げればいい。さすが銀太、誤魔化すのがうまい。

まったく魚は釣れないし、これを潮に帰り支度を始めた方がいいな、と忠次が思っていると、おじさんは「ふむ」と唸って顎《あご》をさすった。

「幽霊がいるかどうかって話か。実はね、俺の知り合いで船頭をやっているやつがいるんだが、見たことがあるらしいんだな」

きょろきょろと足下を見回してから腰を曲げて地面に手をつき、湿っていないところを探してから、おじさんはそこへ座り込んでしまった。腰を落ち着けてじっくり話を聞かせようという気配である。

忠次の横で、銀太が小さく「うわっ」と呟いた。まさか話に乗ってくるとは思わなかったのだろう。忠次も顔を顰める。ちらりと新七を窺うと、こちらはもう諦めたのか、ただ苦笑いを浮かべていた。

「……そいつはその時、猪牙舟《ちょきぶね》で大川《おおかわ》を下っていた。一人で船宿に戻る途中だったそうだ。お客を降ろした後だし、もうとっぷりと日も暮れて辺りが暗くなっていたので、流れに任せてのんびりと進んでいた。すると月明かりの映る水面《みなも》に、何かがぷかぷかと浮いているのが見えたと言うんだな」

おじさんはそこで言葉を止め、手の平を下に向けてひらひらと振った。忠次たちに、そこに座れと示しているようだ。他の二人が腰を下ろしたので、長話になったら嫌だなと思いながら忠次も座った。

「そのまま舟を進めていくと、案の定それはうつ伏せのまま浮かんでいる仏さんだった。土左衛《どざえ》門《もん》ってやつだ。人は溺れ死ぬと初めは沈むんだが、しばらくすると膨らんで浮いてくるんだよ。これは見てくれも悪いが、臭いも酷いらしくてね。船頭は大きく回り込むように舟を動かしたが、それでも気分の悪くなるような臭いが漂ってきたそうだ。それでも先に進まなけりゃ帰れないから、船頭は息を止め、吐き気をこらえながらそこを通り過ぎた」

若い女の綺麗《きれい》な死体ならいざ知らず、こういう場合に船頭はいちいち役人へ届けたりはしない。面倒を避けるためだ。

「ところが、しばらく舟を進めても、一向に臭いが消えなかったそうだ。それどころか、ますますきつくなってくる。なぜだろうと振り返ってみると、なんと舟の後ろからついて来ているんだよ、その土左衛門が」

そう言いながら、おじさんは自分でも後ろを振り返ってみせた。雰囲気を作るためだろう。

ここで忠次は気づいた。この人は世の中にたまにいる、「子供に怖い話を聞かせるのが好きなおじさん」であると。

まずい人に捕まった、と顔を顰めて忠次は俯《うつむ》いた。するとおじさんは、その仕草を怖がっているのだと勘違いしたようだ。さらに大きな身振り手振りを加えて、気分良さそうに話の続きを始める。

「これはいかんと慌てて櫓《ろ》に取りつき、船頭は舟を速めた。ところが土左衛門は離れていくどころか、うつ伏せのまま舟より速く進んできて、寄り添うようにぴったりと横についたそうだ。さすがに背筋が寒くなり、船頭は助けを求めようと辺りを見回した。すると、さっきまでちらほらと他の舟が浮かんでいたはずなのに、いつの間にかすべて消えているんだよ。広い大川の流れの中にいるのは、その船頭と土左衛門だけなんだ。もうその時には、これは尋常なことではないと気づいていた。しかしどうしていいか分からない。船頭は必死で頭を捻《ひね》り、とにかく竹竿でつついて土左衛門を遠ざけることにした」

おじさんは忠次が手にしていた釣り竿を指さした。それから今度は自分に向かって何度か指を動かす。どうやら忠次に、自分が死体役をするから船頭のように竿でつつけと言っているらしかった。

面倒臭いなぁ、と思いながら忠次は釣り竿を構えた。おじさんは手を体の横につけ、心持ち体を前に倒して、うつ伏せの死体になり切っている。忠次はそのおじさんの横っ腹の辺りをつつこうと、そっと釣り竿を近づけた。

おじさんが突然がばっと体を起こし、忠次の出した釣り竿をつかんで引っ張った。いきなりのことだったので、思わず忠次は「うわっ」と声を上げ、釣り竿から手を離した。その様子を見て、おじさんが声を出して笑った。

「そう、まさにその通りのことが起こったんだ。土左衛門の腕が急に動いて、船頭の竿を引っ張ったんだよ。そのまま持っていたら川に落ちるから、船頭は竿を離した。すると今度は、土左衛門のやつが船の縁《ふち》に手をかけて、上がってこようとしたんだ。言っておくが、死体であるのは間違いないぞ。顔なんかぱんぱんに膨れ上がって舌が出ているし、そもそもずっと息もせずに舟について来たんだからな。それなのに、そいつが動いて舟に上がってこようとしている。船頭は悲鳴を上げ、夢中になって逃げようとした。まぁ当然だが後ろに下がるよな。だが、そこは舟の上だ。船頭は舟の縁に足を引っかけて、背中からどぼんと川に落ちちまったんだ」

おじさんはそこで話を止めて、手に持っている釣り竿を忠次の方へ突き返してきた。それを受け取りながら、「それで船頭さんはどうなったんですか」と忠次は訊ねた。

「うむ。近くにいた他の猪牙舟に、すぐに引き上げられた。そいつが見回した時には自分の舟一《いっ》艘《そう》だけしかいなかったが、実際にはちゃんと周りにいたらしいんだよ。助けた舟の船頭は、月明かりの下でそいつが竿を落とすところも、後ろに下がって川に落ちるところも見ていた。ただ、土左衛門なんていなかったって言ったそうだよ」

はあ、と忠次は溜息交じりの返事をした。これでおじさんの話は終わりだろう。

横を見て、銀太に目配せをする。銀太は「それじゃ、おいらたちはそろそろ帰るから……」と言いながら立ち上がった。ところがおじさんは、「まあ待て」と手を前に出して銀太を引き留めた。

「まだ続きがある。と言うか、これからが肝心な話だ。大川ほどじゃないが、この古川でもたまに死体が浮くことがある。まぁたいていはそのまま流れるのに任せて放っておかれるが、杭などに引っかかってしまって仕方なく上げられるのもあるんだ。お役人が調べて身許が分かればいいんだが、そうじゃないものも結構多い。そういうのは無縁仏になってしまうわけだが、この近くで上がったものは、あそこへ葬《ほうむ》られるんだよ」

おじさんはそう言って川の向こう岸を指さした。

住んでいる町からあまり近いと知っている大人に見られてしまうかもしれないので、忠次たちは少し歩いて四之橋《しのはし》の近くまで来ていた。この辺りは、町屋はなくてほとんど田畑が広がっており、後は武家屋敷と、たまに寺が見えるといった場所である。おじさんが指したのは、そうした寺の一つだった。

「あそこの裏にある墓地の、さらに一番奥に無縁仏が葬られている場所がある。何も記されていない小さな墓石がひっそりとあるだけだけどね。当然そこへは誰も墓参りに行かないし、寺の住職も金にならないからか、まったく何もしていないらしい。幽霊がいるかいないかを知りたかったら、こんな所で話していないで、そこへ試しに行ってみたらいいんじゃないか。もしかしたら彷徨《さまよ》っているのが顔を出すかもしれないからな」

おじさんはにやりと笑った。忠次たちは顔を見合わせた。

三

「……まさか本当に来るとは思わなかったよ」

前を歩く銀太に文句を言いながら、忠次は辺りをきょろきょろと見回した。

忠次、銀太、新七の三人は今、あのおじさんが言っていた墓地の中にいる。夕暮れ時のこの場所に、他に人影は見えない。所狭しと墓石や卒塔婆《そとば》が立ち並び、その間に木々がたくさん生えているという、たとえ幽霊が目当てでなくても薄気味悪さを感じてしまうような墓地だ。歩きにくいので釣り竿は墓地の入り口に置いてきている。

「何度も言うけど、おいらだけ仲間外れは嫌なんだよ」

銀太はあちこちに目を向け、鼻をくんくんと動かし、手を耳の後ろに当てながら先に歩いていってしまった。

それなら一人で来ればいいのにおいらまで連れてきやがって、と思いながら立ち止まり、忠次は後ろにいる新七を振り返った。

新七は顔を強張らせ、首を忙《せわ》しなく左右に動かしていた。銀太と違って相当怖がっているのは明らかである。しかし不思議なことに、この墓地に行ってみようという銀太の提案に新七は同意していた。それで忠次まで付き合わされて一緒に来ているのだ。

「怖いなら断れば良かったのに」

忠次が言うと、新七はやはりあちこちに目を配りながら口を開いた。

「もし本当に『見る』『聞く』『嗅ぐ』が順番に来るなら、俺は次に『見る』か『聞く』になるだろう。『聞く』のももちろん嫌だが、それより『見る』の方がはるかに怖い。でも、どうせいつか見る羽目になるのなら、夕方とはいえまだ明るい今日のうちに済ませておければと思ったんだよ。忠ちゃんたちもいることだし」

「ふうん」

さすがに頭の出来が違うからか、新七は幽霊の見方についてもちゃんと考えているらしい。確かに夜中に一人でいる時よりは、今出てくれた方がましである。

「でもさ、新ちゃん。何も起こらない番に当たるかもしれないよ」

「それは俺も考えたけど、多分違うと思う。今は三人しかいないんだ。だからもしこの墓地に幽霊が出るとしたら、何かしらの目に遭うと思うんだよ。何も起こらない番になるのは、ここに来ていない留ちゃんになるはずだ」

「……そうだといいね」

果たしてそう都合よく新七の考え通りにいくものかどうか、相手が幽霊だけに忠次には何とも言えなかった。とりあえず自分としては「同じのが二回続く」というのさえ避けられればいい、と思いながら銀太がいる方へと向き直った。

立ち並ぶ墓石や木々の向こうに銀太の後ろ姿が見え隠れしていた。今のところ何事も起きてはいないようだ。少しほっとしながら、忠次も墓場の一番奥へ進むために足を踏み出した。

「うわっ」

前に出した足がずるりと滑った。危うく転びそうになるところを後ろから手を伸ばした新七に支えられる。

「気をつけた方がいいよ。明け方に降った雨で下が少し湿ってるんだ。墓場だからか、じめじめしていてなかなか乾かないみたいだな」

「そうらしいね」

ちょっと先を見ると、地面を足で擦ったような跡が幾つかついていた。多分、銀太が同じように転びかけた場所だろう。かなり滑るみたいだ。

忠次は心持ち前かがみになり、歩幅を縮めてゆっくりと歩き始めた。もちろん辺りに目を配り、鼻を動かし、耳を澄ましている。今のところ銀太の後ろ姿の他に動くものは見えないし、聞こえるのも自分と新七の足音だけだ。ただ幽《かす》かではあるが、臭いだけはどこか心に引っかかるものがあった。

「……この前の空き家の時は、新ちゃんが嫌な臭いを嗅いだんだよね。どんな臭いだって言ってたっけ」

「雨上がりの墓場の臭い」

「うん、そうだった。それで、おいらたちがいるここは？」

「雨上がりの墓場」

「それは……まずいな」

本物の幽霊が出てきても、臭いでは気づかないような気がする。

「ああ、心配いらないよ。もっと詳しく言うと、俺が嗅いだのは『雨上がりの墓場を歩いていたら滑って土饅頭に顔から突っ込んじゃった時の臭い』だから。とにかく鼻が曲がりそうなほど酷いんだ」

「ふうん。それならちょっと安心かな。すごく嫌だけど」

忠次は鼻で大きく息を吸い込んだ。じめじめした土のちょっと嫌な臭いがしたが、新七が言うような酷いものではなかった。

そのまま忠次たちが足を進めていくと、銀太が二人を待っていた。

「遅いから待ちくたびれちゃったよ」

銀太は口を尖らせている。ごめんごめん、と謝りながら忠次は少し離れた所で立ち止まり、銀太の背後を見た。木々が何本も立ち重なっていて、ちょっとした林のようになっている。その間から向こう側を見透かすと、林の先は田畑が広がっているようだった。どうやらここが墓場の一番奥になるらしい。

目を手前の方に戻す。銀太が立っているすぐ後ろに、草に隠れるようにして小さな墓石が見えた。

「あのおじさんが言ってたのは、それみたいだね」

忠次の後ろでやはり立ち止まっている新七が言った。声は落ち着いているが、そこから近づいていかないところを見ると少しは怖いのだろう。

忠次はまた鼻を動かした。特に嫌な臭いが漂ってくるようなことはない。

耳を澄ましてみる。こちらもおかしいところはない。三人とも立ち止まっているので、せいぜい木々の葉擦れの音が、ほんの幽かに聞こえるくらいだ。墓石の陰とか木の後ろなどに目を走らせたが、怪しい人影が覗いている、なんてこともなかった。三人の他に誰もいない。

「……おいらたち、あのおじさんにからかわれただけなんじゃないかな」

川辺で会った子供たちを怖がらせようと水にまつわる怪談を聞かせたが、思ったより手ごたえがなかったので、とっさに近くの墓場の話を加えてみた、という感じだったのではないだろうか。

それなのに話に乗せられて、のこのこんな場所まで来てしまった。ちょっと悔しい。忠次は舌打ちしながら空を見上げた。お天道様がだいぶ西に傾きつつあった。

「帰ろうか。留ちゃんへの間抜けな土産話もできたことだし」

忠次が言うと、新七は「そうだな」と同意したが、銀太は「ええっ」と声を上げた。

「もう少ししたら出てくるかもしれないじゃないか」

「いや、暗くなる前に帰らないと叱られるから」

「ちょっと待ってくれよ。くそっ、どうしたらお化けが出てきてくれるんだ」

「お墓に小便をかけたらいいんじゃないの。銀ちゃん、そういうの得意だろう」

「犬じゃないんだから、そんなあちこちに小便をかけたりしないよ。それに、おいらはあの時で懲りたんだよ。二度と罰当たりなことはするまいって心に誓ったんだ。だから……ああ、でも今は相手を怒らせるべきだから、しちゃった方がいいのかな……いや、でも……」

どうやら心の底から悔い改めたというわけではないらしく、銀太は悩み始めた。忠次は後ろを振り返り、新七に向かって「ほっといてもう行こうよ」と声をかける。新七は頷き、墓場の入り口に戻るために踵を返した。

先に歩いていく新七の背中を見ながら、忠次ものんびりと足を踏み出した。少し進むと、「二人とも待ってよ、おいらも帰るからさ」という声がして、後ろから銀太がついて来る足音が聞こえてきた。

さすがに無縁仏の墓に小便をかけるのは思いとどまったようだ。もちろんそれは当然のことだと思うが、それでもあの銀太ならあるいは……と考えていた忠次は少し安心して、ほっ、と小さく息を吐いた。それから、さっさとこの薄気味の悪い墓場から出てしまおうと、わずかに足を速めた。

その時、鼻を通って頭の天辺《てっぺん》に突き抜けるような、とてつもない臭いが忠次を襲った。たとえるなら大量の腐った魚の山の中に顔から突っ込んだような、凄まじい生臭さである。思わず吐きそうになったのを必死にこらえ、慌てて鼻をつまんだ。

同時に、前にいた新七がすごい勢いで振り返った。同じ臭いを嗅いだのかと思ったが、こちらは鼻をつまんでいないので違うみたいだった。動くな、というように忠次に対して手の平を向けながら、新七は大きく見開いた目をきょろきょろとさせている。

何か妙な物音か、あるいは声を聞いたんだな、と忠次はすぐに気づいた。息を止め、音を立てないように気をつけながらゆっくりと振り返る。

まだ二人の様子に気づいていない銀太が、少し離れた後ろから平気な顔で歩いてくる。忠次の耳には、その銀太の足音しか聞こえてこなかった。

念のために目を忙しなく左右に動かし、木々の間や墓石の陰などを探る。怪しいものは何もない。やはり今回は、忠次が臭いを嗅ぎ、新七が音を聞く番なのだ。しかし、それなら銀太には霊の姿が見えるはずなのだが……。

おかしいな、と思った時、新七が「うわぁ」と大きな声を上げて、墓場の入り口に向かって走り出した。びっくりした忠次は鼻をつまんでいた手を離して、大きく息を吸い込んでしまった。吐き気を催す凄まじい生臭さが体の中に流れ込んでくる。

これはたまらないと、忠次も新七を追いかけて走り出した。後ろで銀太の「おおい、二人ともどうしたの」という呑気な声がしたが、振り返ることなく一気に墓場を駆け抜けた。

しばらく走り続けた忠次と新七がようやく立ち止まったのは、四之橋までたどり着いてからだった。息を整えながら振り返ると、古川沿いの道を銀太がぶらぶらと歩いてくるのが遠くに見えた。まったく慌てている様子はなかった。

忠次はここへ着くまで、なるべく口だけで息をするようにしていたのだが、恐る恐る鼻を使って臭いを嗅ぐように息を吸い込んでみた。川面《かわも》を吹き抜ける爽やかなそよ風が鼻に入ってくる。あの墓場で嗅いだ生臭さなど微塵も感じられなかった。

「……ねぇ新ちゃん。多分、今回は新ちゃんが何かを聞く番だったと思うんだけど、いったい何が聞こえたの」

「足音だよ」

新七は近づいてくる銀太へと、睨みつけるような鋭い目を向けたままだった。しかも耳の後ろに手を当てている。まだかなり遠くにいるが、それでも必死に銀太の足音を聞き取ろうとしているかのように見えた。

「あの時、すぐ後ろにいる忠ちゃん、さらにその後ろから来る銀ちゃんの足音の他にもう一人、別の人の足音を聞いた気がしたんだよ。それで慌てて振り返ったんだ」

忠次が臭いを嗅いだのとほぼ同時に、新七は音に気づいたようだ。

「初めは気のせいかと思ったんだけど、耳を澄ましてみたら、やっぱり聞こえるんだ。草履を履いている銀ちゃんの足音とは明らかに違う音だから、はっきりと分かった。ぺたぺたという感じの音なんだ。あれは多分、湿った墓場の土の上を裸足《はだし》で歩いている音だと思う。それがさ、銀ちゃんの足音に重なるように聞こえてくるんだよ。きっと、銀ちゃんのすぐ後ろにくっつく感じで歩いていたんじゃないかな」

「うぇぇ」

忠次はすぐに銀太の方へ目を向けた。むろん、近づいてくるのは銀太一人だけだ。しかし安心できなかった。見えていないだけで、もしかしたら今もその背後にぴったりとついて来ているかもしれないのだ。

少しでも嫌な臭いを感じたらすぐに逃げ出そうと、忠次は懸命に鼻をくんくんと動かした。同じようにもう一人分の足音を聞いたらすぐに逃げるつもりであろう新七が、わずかな物音でも聞き漏らすまいという必死の形相で耳を澄ましている。その二人が走り出すことのないまま、銀太はとうとう目の前までやって来た。

「滑りやすい墓場の中で、二人ともよくあんなに速く走れるもんだね。墓場で転んだら良くないって話をどこかで聞いたことがあるから、後ろから見ていてひやひやしたよ」

呑気に喋る銀太の後ろに回り、忠次はその辺りの臭いを嗅ぐ。平気だ。生臭さなど感じられない。

新七へと顔を向けると、向こうもこちらを見て軽く首を振った。妙な足音など聞こえないらしい。どうやら墓場からこっちにはついて来ていないようだ。

「……ねぇ銀ちゃん。墓場では、脇目も振らずにまっすぐ歩いてきたのかな。振り返ったりせずに」

忠次はほっとしながら訊ねた。銀太はすぐに首を振った。

「いや、そんなことないよ。二人が走っていっちゃって、墓場においら一人だけだろう。さすがに気味が悪くなって、あちこち見回しながら歩いてきたよ」

「何か見なかった？」

「いや、別に何も」

忠次と新七は顔を見合わせた。おかしい。そんなはずはない。

今でも思い出すだけで吐きそうになるあのひどい臭いが、気のせいだったなんてことはあり得ない。確かに忠次は墓場で、恐ろしいまでの生臭さを感じたのだ。つまり、空き家の時は「見る」番だった忠次が、今回は「嗅ぐ」に当たったということになる。

そして前回は「嗅ぐ」だった新七が「聞く」番になった。そうなると、この前は「聞く」の番だった、今は長屋に残っている留吉が今回は「何もない」になり、前回は「何もない」だった銀太が「見る」番になる、というのが一番しっくりくる考え方である。それなのに、銀太は何も見なかったという。

「どういうことだろう」

忠次は首を傾げながら新七に訊ねてみた。

「分からないよ」新七は首を振りながら答えた。「もしかしたら、長屋にいる留ちゃんの身にこれから起こるのかもしれない。その場合、まったく違う幽霊が出てくるなんてのは考えづらいから、やはりあの墓場にいたやつを見ることになるのだろう。でもそれなら、あの場で銀ちゃんの前に姿を現した方が手っ取り早いんだよな。それに、それだと銀ちゃんが二回続けて何もないことになってしまう」

新七の話を聞いた銀太が、慌てたように言葉を挟んだ。

「ちょっと待ってよ。まさか、二人とも墓場で何か感じたの?」

今頃気づいたようだ。羨ましいほどの鈍さである。

「二人ともひでぇよ。またおいらだけ仲間外れかよぉ」

「そんなこと言われても、俺たちにはどうしようもないから」

新七がぼそりと告げた。眉根に深く皺《しわ》を寄せている。珍しく冷たい感じの口調になったのは決して意地悪をしているからではなく、他に考え事をしていて、そちらに気を半分取られているためのようだ。

「どうかしたの?」

「もし今回、留ちゃんの身に何も起こらなかったとしたらの話だけど、うまく立ち回れば怖い目に遭うのを避けられるかもしれないよね。一人は仕方がないけれども……」

「ああ、そうかも」

一番怖い思いをするのは間違いなく「見る」だから、その順番に当たった人はなるべく大人しくする。そして、「聞く」か「嗅ぐ」のどちらかの番の人が別々に行動し、何かを感じたら他の人に知らせる。他の人はそれから長屋に籠り、初めに気づいた人が何も感じなくなるまで外に出ないようにする。そうすれば、災難に遭うのは一人だけで済むのではないか。

「だけどそれは、やはり今回の留ちゃん次第ってことになるね」

忠次が言うと、新七は深く頷いた。

「そうだね。今からすぐに帰って、留ちゃんにしばらく長屋から出ないように頼むとしよう。明日の手習も、頭が痛いからとか嘘をついて休んでもらった方がいいかな」

「何だよ。さっきから聞いていたら、結局は今回もおいらは除け者だったと決まったような口ぶりじゃないか」

銀太が口を尖らせる。先ほどは冷たい言い方になっていた新七が、今度は宥《なだ》めるような優しい口調で銀太に告げた。

「今度も銀ちゃんが仲間外れになったとは、まだ決まったわけじゃないんだ。あの墓場で何も見なかったのは妙だけどさ、それでも今のところは留ちゃんと銀ちゃん、どちらに『見る』の番が来るか分からないんだよ。忘れた頃に遅ればせながら出てくるかもしれないし。だから、銀ちゃんも明日は長屋に籠っていてほしいんだ。腹が痛いとか言ってさ」

「いや、だから……おいらは別にお化けに遭っても構わないんだけど」

「そんなこと言わないで、頼むよ。この通りだから」

新七は手を合わせた。さすがにそこまでして頼まれると銀太も嫌とは言えないようで、渋々といった感じで頷いた。

「……だけど、腹痛くらいで手習を休めるかなぁ。糞すりゃ治るって言われて、母ちゃんに叩き出されるような気がするんだけど」

「そこはうまくやってくれよ。とにかく今は早く長屋に帰って留ちゃんに会わなくちゃ。もうすぐ日が暮れちまう」

新七は空を見上げて言い、それから足早に歩き出した。忠次もすぐその後ろからついて行く。そして最後に、「頭が痛いって言っても『そりゃ気のせいだ』ってなるだろうし……」などとぶつぶつ呟いている銀太が続いた。


ちょうど日が沈もうかという頃に、忠次たち三人は溝猫長屋の前の通りにたどり着いた。留吉の家である油屋が見える。

日が高いうちは裏の祠の前で弟たちと遊んでいたとしても、今頃はもう留吉たちはみんな家に戻っているはずだ。声をかけようとして、忠次たちは油屋へと近づいていった。

その時、店の中から大家の吉兵衛が出てきた。何か用事があったのかな、と思いながら立ち止まって眺めていると、吉兵衛の後ろから禿頭《とくとう》の老人と、箱を手に提げた慈姑《くわい》頭の若い男が出てくる。

忠次たちは思わず顔を見合わせた。自分たちにはあまり縁のない方々だが、それでもさすがに何者かは分かる。医者とその弟子だ。

驚いていると、さらに店の奥から留吉の両親や弟、妹がずらずらと現れた。一家総出でお見送りの様子である。そこにいないのは、留吉だけだった。

医者が吉兵衛と短い言葉を交わしてから背を向け、弟子を伴って通りの向こうへと消えていった。留吉の両親はぺこぺこと頭を下げながら見送り、医者の姿が消えてからは吉兵衛に何度も頭を下げた。それから、子供たちを引き連れて店の奥へと戻っていった。

「ああお前たちか」忠次たちを見つけた吉兵衛が近づいてきた。「今頃遊びから帰ってきたのか。随分遅くなったようだが、まさか危ない所へは……」

「ああっ」

吉兵衛の言葉の途中で新七が大声を出した。

「……なんだね、いきなり。年寄りを驚かすんじゃないよ」

「はあ、ごめんなさい。ちょっと思い出したことがあったものですから。それより大家さん、お医者様がいらっしゃっていたようですが、何かあったのでしょうか。まさか留ちゃんの身に……」

「うむ、そうなんだよ」

吉兵衛は声を潜め、辺りを憚るようにきょろきょろと見回した。溝猫長屋に医者が来るなんて滅多にないことだから多分もう長屋中に知れ渡っていることだと思うが、何となくそうしたくなる気分なのだろう。

「いつものように祠の前で弟や妹が遊んでいるのを留吉は見ていたそうなんだが、途中で急に頭がくらくらしたらしく、そのまま倒れてしまったんだよ。井戸端でぺちゃくちゃお喋りしていたかみさん連中がすぐに気づいたから良かったが、周りにいた子供たちはびっくりして、中には泣き出す子もいるし、尋常じゃない気配に犬はうろつくし猫は慌てて隠れるし、儂は医者を呼びに行かされるしで、もうとにかく大騒ぎだったんだ」

思った通り長屋中に知れ渡っている。

「それで、留ちゃんはどうなったのでしょうか」

「しばらく気を失っていたんだが、医者が来る前に目を覚ました。念のために診《み》てもらったが、頭ははっきりしているし、気分も悪くなくてちゃんと腹も減っているし、まず心配はあるまいということだった。それでも用心に越したことはないから、少しの間は無理をさせずに様子を見るよう言われたよ。だからね、明日の朝は、留吉は祠へのお参りは休みだ。もしかしたら手習へも行かないかもしれないな。お前たちもそのつもりでいるように」

それじゃ日が暮れたんだからもう帰りなさいと吉兵衛は三人に告げて、本人も自分の家へと戻っていった。

「……留ちゃん、心配だね」

吉兵衛の姿が見えなくなってから、忠次はぼそりと言った。すぐに新七が頷く。

「うん。でも、お医者の先生が心配いらないと言ったのなら、大丈夫なのだろう。それに、この様子ならわざわざ嘘をつかなくても、留ちゃんは手習を休めそうだ。後は銀ちゃんだな」

「そうだ、おいらの方が大変だよ。いくら考えても、結局は手習に行かされそうな気がするんだ」

銀太がぐったりした顔で呟く。このまま考え続けていれば本当に具合が悪くなりそうな様子である。

「一緒に誤魔化し方を考えたいところだけど、俺の方もちょっと心配事ができちゃった。何とか一人で考え出してよ」

「そういえば新ちゃんは、さっきいきなり叫んだよね。何か思い出したの？」

「釣り竿だよ、お父つぁんの釣り竿。墓場の入り口に置いてきちゃったんだ」

「ああっ」

すっかり忘れていた。

「一晩くらいなら、なくても気づかないだろうけど、お父つぁんが高い銭を出してわざわざ作ってもらった物だから、もし勝手に使ったのがばれると、凄く怒るだろうなぁ。それに万が一、誰かに盗まれでもしたら大変だよ。そうかといって今から取りに戻るわけにはいかないし。困ったなぁ……」

新七が嘆くように言った。こちらもかなり弱っている様子である。

今回の幽霊の件を「臭いを嗅ぐ」ことで早々にこなしてしまったし、特に叱られるようなことをした覚えはないし、自分は一人だけ安泰である。そのことを忠次はほんの少しだけ申し訳なく思った。

四

「……ゆっくり休んでいれば良かったのに」

忠次は声を潜めて、天神机を並べている留吉に囁いた。

「そうだよ。たまには一日中寝ているのも悪くない」

新七も文句を言う。さすがにむっとしたのか、留吉は口を尖らせた。

「だって体の方はもう何ともないのに、寝ていても面白くないだろう」

三人がいるのは耕研堂で、そろそろ八つ時になる頃合いである。昨日吉兵衛が言っていた通り留吉は祠へのお参りには来なかったが、手習には昼過ぎになってから顔を出したのだ。来たらすぐに帰るような形になるが、当人が言うように寝ているのがつまらなかったらしい。

「なんだよ、おいらなんてずっと寝ていようと思ったのに、叩き出されたんだぜ」

そしてもう一人、銀太もしっかりと耕研堂に来ていた。あの手この手を使って何とか休もうとしたのだが、結局は「気のせいだっ」と尻を蹴飛ばされて家を追い出されたのだ。少し可哀想だが、気のせいどころか嘘なのだから仕方がない。

「まあ、留ちゃんはともかく、銀ちゃんはきっと来るだろうなと思っていたよ」

新七が周りを見回しながら言った。いつもは子供のくせに爺さんかと思うほど落ち着いているが、今日は珍しく朝からそわそわしている。

もちろんそれは、釣り竿のことが気になっているからである。とりあえず手習に出かける寸前までは、父親は釣り竿がないことに気づかなかったそうだ。

「この後、手習が終わったらすぐに釣り竿を取りに走るけど、それは俺と忠ちゃんの二人で行くから、銀ちゃんと留ちゃんは脇目も振らず、まっすぐ長屋へ戻るんだぜ」

新七の言葉に銀太はすぐに頷いたが、留吉はなぜだと言うように首を傾げた。一応はざっと伝えたのだが、まだよく呑み込めていないようだ。

「おいらは昨日、三人とは別だったんだから、ちゃんと一から教えてよ」

「だから、四の橋の先の墓場で忠ちゃんがすごく嫌な臭いを嗅ぎ、俺は妙な足音を聞いたんだよ。『嗅ぐ』『聞く』と来たから、銀ちゃんか留ちゃんのどちらか一方が、これからその臭いや足音の正体を『見る』ことになるはずなんだ。でも長屋に籠って出歩かなければ、もしかしたら見ずに済むかもしれない。だから休んだ方が良かったのに、とか、まっすぐ長屋に戻るんだぜ、とか言っているわけだよ」

「ふうん……何となく分かった。初めにざっと言われた時は、墓場ってのを聞き漏らしていたんだ。三人は昨日釣りに行ったわけだから、川辺で何かあったのかと思い込んでた」

「なんだ留ちゃん、そんなところに引っかかっていたんだ」

「うん……そうか、墓場に行ったんだ。そこで嫌な臭いを嗅いだり妙な音を聞いたりしたのか。

だとしたら……ごめん、三人とも。おいら、もう見ちゃったかも」

「ええっ」

三人そろって驚きの声を上げた。すぐにここが耕研堂だと気づいて、師匠の顔を窺う。蓮十郎は手習子の一人を呼んで字の手直しをしていたが、その手を止め、顔を上げてこちらを睨んでいた。

お喋りを止めて背筋を伸ばし、忠次たち四人も真面目な顔で筆を動かし始めた。しばらくして蓮十郎を見ると、また朱墨で手直しを始めていた。四人は再び顔を寄せ合う。

「ちょっと留ちゃん、どういうことだよ」

「昨日気を失っている間に、おいら夢を見たんだ。それが、知らない墓場に立っている夢だったんだよ。いや、ちょっと背より高い所から見ていた感じだったから、もしかしたらぷかぷか浮いていたのかもしれない。体は動かせないんだ。ずっと同じ場所から、おいらは墓場を眺めているんだよ」

「……どんな墓場だった？」

「ごちゃごちゃした感じだったかな。墓石の他にあちこちに木が生えていてさ。それと、奥の方には木がたくさん立っていた。その向こうは、多分田んぼとか畑だったと思う」

忠次と新七、銀太は顔を見合わせた。留吉が言っているのは、どうやら昨日入り込んだあの墓場らしい。

「……そこは本当に知らない墓場なのかな。実は前に行ったことがあるとか」

「いや、うちの菩提寺《ぼだいじ》の墓場以外には、そもそもおいらは行ったことがないんだ。本当に知らない墓場だった。だから、薄気味悪いなぁって考えながら眺めていたんだよ。そうしたら、銀ちゃんを先頭にして三人が墓場に入ってきたんだ」

「嘘だぁ」

「本当だよ。それで、銀ちゃんだけがどんどん先に歩いていって姿が見えなくなった。忠ちゃんと新ちゃんはしばらく立ち止まって話していたけど、やがて歩き出して、こちらも見えなくなっちゃったんだ。さっき言ったように、おいらは動けなかったから、黙って見送るしかなかった。ああ、声も出せなかった。それに、今思うと話し声とか物音はまったく聞こえていなかったな。もちろん臭いも感じないし」

留吉は「見る」番だったからだろう。

「……それで、仕方なくおいらは三人が戻ってくるのを待っていたんだ。しばらくすると、まず新ちゃんがすごい勢いで走ってきた。すぐに続けて忠ちゃんだ。二人はおいらの前を駆け抜けて、そのまま墓場の外へと出ていった。それから少し間があって、ようやく銀ちゃんがやってきた。前の二人と違って、割と呑気な顔で歩いていたかな。そして、その銀ちゃんのすぐ後ろにぴったりと寄り添うように……」

「ちょっと待って。落ち着きたいから」

銀太が手の平を前に突き出して留吉の言葉を止めた。自分のすぐ後ろに実は幽霊がいました、なんて話を聞くのには、さすがの銀太でも心構えというものが要るらしい。

手習所というのは光を入れるために三方に戸や窓があって、雨風が吹き込んでこない限りいつも開け放たれている。銀太は外へと目を向けて、「今日はいい日和《ひより》だなぁ」と呟いた。それからまた顔を留吉の方に戻し、今度は手の平を上にして、どうぞ、というような仕草をした。すぐに留吉が話し始める。

「……銀ちゃんのすぐ後ろにぴったりと寄り添うように、物凄く太った裸の人がついて来ていたんだ。おいら初めは相撲取りかと思っちゃったよ。だけど近づいてきた時に、どうやら違うみたいだぞって気がついた。あれは、ぱんぱんに膨れ上がった人なんだよ」

ふむ、と忠次は頷いた。水死人だろう。あのおじさんが言っていた、身許の分からない土左衛門を葬った一番奥の墓石の下から出てきたに違いない。

「ちょっと見ただけじゃ男か女か分からなかった。それほど膨らんでいたんだ。だけど月代《さかやき》を剃っていなかったから、多分女の人だったと思う。でも、そんなことはどうでもいいんだ。それくらい……なんていうかな、気味の悪いものだった。体が真っ白でさ。それが銀ちゃんの後ろにぴったりと付いている」

「ふうん。それで、その人はどうしたの。まさか墓場の外までついて行ったわけじゃないよね」

「うん。おいらの前を通り過ぎようとした時に、その人だけ立ち止まったんだ。だから、銀ちゃんだけすたすたと行っちゃった。どうしてそんな所で止まるんだよ、と思いながら見ていたら、今度はその人の顔がゆっくりとこちらに向いてきた。おいらのことに気づいたみたいなんだ。気持ちの悪い顔だったなぁ。もちろんすごく膨らんでて、舌なんか飛び出しちゃってさ。目を背けられなくてじっくり見ちゃったよ」

「……それから？」

「急に素早く動いて、おいらの方にずずずっと近づいてきたんだよ。それがすぐそばまで来た時、おいらの目の前がすうっと暗くなったんだ。で、次に気がついたら自分の家に寝かされていた。あぁ、すごく嫌な夢を見たなぁってさっきまでは思っていたんだけど……」

「うん、夢じゃなかったね」

実際にあったことだ。多分、留吉の魂だけが抜けて墓場の様子を見たのだろう。

忠次は、はあ、と溜息を吐いた。これで、長屋に籠っていても無駄だということが分かってしまった。

「参ったなぁ。『見る』『聞く』『嗅ぐ』で一そろいみたいだ。どれかが欠けるなんてことはないんだろうね」

新七がすかさず頷いた。

「そうだね。結局はどれかが必ず巡ってくるってわけだ」

「おおい、ちょっと待ってよ、おかしいって」

銀太が口を尖らせた。

「おいらたちは四人いるんだよ。ちゃんと順番に来るんなら、今回はおいらにも何か起こるはずじゃないか。それなのに、やっぱり一人だけ仲間外れだった。どういうことだよ。お多恵ちゃんはどうしてこんな意地悪をするんだ。誰か教えてくれよ。おいらがいったい何をしたって言うんだよ」

忠次と新七、留吉は顔を見合わせた。それから、三人は声をそろえて銀太に告げた。

「……小便だろ」


八つ時になり、手習子たちが三々五々それぞれの家へと帰っていった。一応は一番年上なので、忠次たち四人は特に用がない限り、年下の子たちがみんな出てから最後に耕研堂を離れることにしている。もちろん残される子がいたら先に帰ることになるが、そもそも居残りを命じられるのはたいてい銀太、たまに忠次の二人しかいない。出来の良い新七と弟妹の世話があるので見逃してもらっている留吉はともかく、銀太と忠次は、結局は必ず最後になってしまうのである。

そして今日も、この二人は残されそうな雰囲気があった。しかも珍しいことに、二人のとばっちりを食った新七も一緒になりそうだった。早く釣り竿を取りに行きたい新七にとっては物凄く困ったことになるところだったが、幸いなことに八つ時になってすぐに、手習が終わるのを見計らったかのように蓮十郎に来客があった。今、裏口の方で話をしている。

誰が来たのかは知らないが、その人に感謝しつつ、さっさと耕研堂を後にしよう……と留吉を含めた四人は急いで手荷物をまとめ、戸口へと向かった。

だが、わずかに遅かった。まさに戸に手をかけたその時、後ろから蓮十郎の声がかかった。

「ああ、新七と忠次、それからもちろん銀太。三人はちょっと残ってくれ」

「えええ」

三人は振り返り、一斉に顔を顰めた。

「ええと、お師匠さん。お客様がいらっしゃっているのではありませんか。そちらのお相手をしなければならないのでは……」

とにかく急いで帰りたい新七が抗《あらが》う様子を見せる。しかし蓮十郎はあっさりと首を振った。

「残念ながら、お前たちを残すように言っているのは、そのお客様なんだよ」

「は？　いったいどなたですか、そんな酷いことをするのは」

新七が言うと、「儂じゃよ」と声がして、裏の方から怖い顔をした吉兵衛が現れた。

「げっ、大家さん」

「なんだね、その顔は。まあとにかく新七と忠次、銀太はこちらに戻るんだ。ああ、留吉は帰っていいよ。お前には何も言うことはない。それに様子を見た方がいいとお医者の先生に言われているからね。気をつけて、ゆっくりと歩いて帰りなさい」

留吉は蓮十郎と吉兵衛にぺこりと頭を下げ、それから忠次たち三人に「お先に」と小声で囁いて戸口から出ていった。

三人は、渋々と中に戻った。吉兵衛の口ぶりから叱言を食らいそうだと気づいている。お蔭で足取りが重かった。

吉兵衛が腰を下ろしたので、忠次たちもその前に座った。吉兵衛は並んでいる三人の顔を睨みつけながら口を開いた。

「さて、お前たち。ちょっと訊ねるが、昨日は日が暮れた頃に長屋に帰ってきたね。いったいどこへ遊びに行っていたんだい」

三人は目配せし合った。そうやって正直に告げるべきか、それとも誤魔化すべきか、互いの腹を探り合う。生まれた時から同じ長屋で育った仲だから、それだけで考えは読み取れる。三人が出した結論は、誤魔化す、だった。

「特にどこへ行ったというわけではないのですが……」新七が口を開いた。「近所をぶらぶらと歩いていました。お多恵ちゃんの祠にお参りするようになってから幽霊が分かるようになってしまって、それで怖くて近頃では長屋から出るのが減ってしまったから、たまには気分を変えて外を歩いた方がいいということになって」

「なるほど。確かに同じ所ばかりにいると気分が塞《ふさ》いでくるってこともあるかもしれないね。それならいいが、まさかお前たち、危ないから子供たちだけで行かないようにと儂がよく言っている、川のそばへ行ったわけではあるまいね。たとえば釣りをしたとか」

三人は首を振った。

「……ふむ。そうか。それなら少し待っていなさい」

吉兵衛は立ち上がり、耕研堂の戸口の方へ姿を消した。何をするつもりだろうと三人が息を潜めて待っていると、すぐに戻ってきた。

「お前たちの言うことが本当なら、これはいったい何だろうね」

三人は一斉に「ああっ」と声を出した。吉兵衛は手に三本の釣り竿を持っていた。言うまでもなく三人が昨日使っていた物である。

「……さっき、長屋にこれを届けに来てくれた人がいたんだよ。磯六《いそろく》さんという方だ。お前たちが墓場の入り口に忘れていったのを拾って、あちこち訊ね歩いて、やっとうちの長屋までたどり着いたそうだ」

新七の家から持ち出した釣り竿は特別に頼んで作った物なので、職人の名と注文した人の名が記してあるのだ。その磯六という人は、きっとそれを頼りに持ち主を探し当てたのだろう。随分と親切な人だ。

だが、その磯六という人は、どうしてそれを墓場に忘れていったのがおいらたちだと知っているのだろう、と忠次は首を捻った。あの時、墓場には誰もいなかった。中に入るところも、誰にも見られなかったはずだ。

横目で新七や銀太を見ると、同じように狐につままれたような顔をしていた。

「そうそう、磯六さんからお前たちに伝えてくれと頼まれていたことがあったんだ。たいして怖くもない怪談を聞かせてしまって済まなかったと言っていたよ」

三人は同時に「あぁ」と声を漏らした。磯六とはあの「子供に怖い話を聞かせるのが好きなおじさん」だ。川辺で会っているので、忠次たちが持っていた釣り竿もその時に見ている。だから墓場に置いてあった釣り竿が、三人が忘れていったものだと分かったのだ。わざわざあちこちを訊ね歩いて釣り竿を届けるくらい親切な人だから、きっとあの後で、忠次たちのことを心配して、様子を見に墓場を訪れたのに違いない。それで釣り竿を見つけたのだろう。

本当に親切な人だ。だがこちらとしては、ちょっと迷惑だった……。

「さて、そういうわけで儂は、お前たちが川へ遊びに行ったことは知っていたんだ。だからそれについては初めから叱ろうと思っていた。だがもう一つ加わったな。お前たちは嘘をついて誤魔化そうとした。これはもっといけないことだ。いいかね、この先お前たちは世の中へと出ていくことになるわけだが……」

吉兵衛の叱言が始まった。かなり長くなりそうである。それにこの後、勝手に釣り竿を持ち出した件で新七の父親からも怒られることになるだろう。さらに帰ってからは、自分の両親から何か言われるに違いない。

今日は寝るまで叱られ通しになりそうだと忠次は深く項垂《うなだ》れた。

五

翌日の八つ時を少し過ぎた頃に弥之助が耕研堂に顔を出すと、すでに子供たちはみんな帰ってしまっていて、がらんとした部屋の中にぽつりと蓮十郎が座ってあくびをしていた。

「あれ、もうみんないなくなっちまったんですかい」

そんなことは一目瞭然なのに、弥之助はわざとらしくきょろきょろと辺りを見回した。

「もしかしたら今日も大家さんが乗り込んできて、あの子供たちに説教しているんじゃないかと思って様子を見にきたんですが。少なくとも銀太と忠次は間違いなくいるだろうと踏んでいたんですけどね。おっかない古宮先生に居残りを命じられて」

「昨日、吉兵衛さんにだいぶ叱言を食らっていたからな。さすがに毎日じゃ可哀想だから、今日は帰してやったよ」

蓮十郎はそう言うと、まあ座れと言うように手を振って弥之助に示し、首や肩を回しながら、ああ疲れたと呟いた。

「さすがに子供相手の仕事は大変でしょう。やめたいと思っているんじゃありませんか」

弥之助が訊ねると蓮十郎はすぐには返事をせず、一度ううんと唸った。

「……いや、子供に物事を教えるのは楽しいぞ。覚えるのが早いからな。昨日できなかったことが今日はできるようになっているんだ。大人ではこうはいかない。ただ、ずっと座っているのが性に合わないのか、妙に疲れる」

「手習より剣術を教える方が、体は楽だってことですかい」

「もちろんさ」

そんな馬鹿な、と笑いながら弥之助は腰を下ろした。この二人は、蓮十郎が耕研堂に雇われるようになる前からの知り合いである。そのため、弥之助と話す時の蓮十郎は少しだけ口調が雑になる。

二人が知り合ったのは弥之助が先代の親分に拾われて下っ引きになった時期で、その頃蓮十郎は剣術道場を開いていた。見た目は弱そうな蓮十郎だが、実は剣術の達人なのだ。ただし道場を経営していく才覚はまったくなく、門人が集まらずにわずか数年で潰れてしまった。それで食い扶持を稼ぐためにこの耕研堂で雇ってもらったというわけである。

「初めは小さい子供を相手にするのは無理だと思っていたんだがな、やってみると案外と楽しかった。それに毎年、溝猫長屋から来ている子に何かしら起こるから飽きない」

「当人たちは迷惑なんでしょうけどねぇ」

だから早々に働きに出てしまう、というのが繰り返されている。

「……もっとも今年は少し毛色が違いそうな子供が揃いましたけどね」

一応は幽霊のことを怖がっているようだが、まったく逃げようとしない。それどころか、幽霊が出そうな空き家や墓場などに自ら突っ込んでいってしまう。もしかしたら馬鹿なんじゃないかと思ってしまうが、そのお蔭でこの間は、殺された栄三郎が持っていた、亡くなった母親の形見の珊瑚玉というやつが見つかった。それは弥之助の手によって栄三郎の父親である徳平《とくへい》の元へと届けられている。

「もしかするとお多恵ちゃんは、あの四人みたいな子供が出てくるのを待っていたのかもしれないなぁ……」

弥之助はぼそりと呟いた。

「どういうことだ？」

「いえね、お多恵ちゃんは子供の守り神みたいなものですから。溝猫長屋に住む年長の男の子が幽霊を見るようになるのは、第一にこれから世間という荒波に漕ぎ出していかねばならない子供たちの精神を鍛錬するため、そして第二にあの栄三郎のような子供の魂を救ってやるためなのではないか……と、まあこれは俺が勝手にそう思っただけですが」

「ふうん」

蓮十郎は顎をさすりながらしばらく考え込んだが、やがて「分からん」と首を振った。

「なあ弥之助。その昔、溝猫長屋にお多恵ちゃんという女の子がいて、長屋で亡くなったのでその魂を慰めるためにあの祠のようなものが作られた、ということは知っているが、どうして亡くなったのかは知らないんだよ。いい機会だから教えてくれないかな。病か何かだったのかい」

「……殺されたんですよ」

弥之助はそう言って天井を見上げた。かつて自分がこの耕研堂に通っていた頃に、二階で大騒ぎして床板を踏み抜き、その下の天井板まで破ってしまった時の跡がまだあった。確か九歳か十歳か、その頃にやったことだったと思うが、お多恵ちゃんが殺されたのはそれよりも四、五年ほど前の話だ。

「……お多恵ちゃんのところは父親が長患いで臥せっていましたから、随分と貧しかったんですよ。それで手習には通わず、長屋にいる小さい子供の子守をしたり、針仕事や洗濯を手伝ったりしていたんです。三十年前の三月十日もそうで、お多恵ちゃんは井戸端で洗濯をしていました。そんな折、長屋に刃物をぶら下げたお侍が飛び込んできたんです」

「ああ?」

「だいぶ酒に酔っているような様子でした。その上で、きっと何か気に食わないことでもあったんでしょうね。乱心したようにわけの分からないことを叫び、刀を振り回しながら長屋の路地を奥へ奥へと突き進んでいったんですよ。ちょうどその時、物干し場では手習に通い出す手前の、まだ五つの男の子が遊んでいましてね。お侍はその子が目に入ったらしく、刀を振り上げて向かっていったんです。男の子は怯えてしまって、逃げるどころかまったく動けない。そうして、とうとう斬られてしまうという寸前に横から飛び出したのが……」

「お多恵ちゃんか」

「男の子を庇《かば》うように胸に抱きかかえたんです。お侍の刀は男の子ではなく、お多恵ちゃんの背中へと振り下ろされました」

その頃お多恵はまだ十二かそこらだった。その年でよくそんな動きが取れたものだと弥之助は感服している。迷っている暇などなかった。井戸端は少し脇の方にあるので、そこから路地を進んでくる侍の姿が見えないからである。路地から誰か出てきたな、と思ったらもう刀を振り上げていた、という感じだったはずだ。多分、考えるよりも先に体が動いたのだろう。

「……腹の立つ話だ」蓮十郎は舌打ちした。「当然そのお侍はお上の裁きを受けたのだろうな」

「残念ながらもっと腹の立つ話が続くんです。そのお侍はすぐ後を追いかけてきた家来の者によって取り押さえられ、連れていかれました。お旗本の次男坊だか三男坊だか、とにかく偉い人の倅だったらしいんですよ。そのすぐ後に駕籠《かご》が長屋に入ってきましてね。ぐったりしているお多恵ちゃんを乗せて、どこかへ運んでいったんです。その後、お多恵ちゃんはそのお旗本のお屋敷で面倒を見るから、という知らせがやってきました。そこで療養をして、傷が癒《い》えたらそのままお屋敷で奉公をする、という話です。もちろん、相応の金がお多恵ちゃんの親に渡されたらしい。しかし古宮先生。駕籠で運ばれていく時のお多恵ちゃんはまったく血の気がなく、真っ白な顔でぴくりとも動かなかった。一方で物干し場は血の海だ。間違いなくお多恵ちゃんは、あの時、あの場で命を落としていたんです」

「泣き寝入りか」

「相手はお旗本ですからね。争っても勝ち目はない。それに長患いの父親の薬代が溜まっていたようでしてね。母親は泣く泣く金を受け取りました」

「ふうむ。何ともはらわたが煮えくり返るような話だな」

　蓮十郎は普段は決して子供たちに見せない、恐ろしい形相になった。これまで何十、何百もの「悪い奴」の顔を見てきた弥之助が、思わず震え上がってしまいそうになるほどの顔付きだ。特に弥之助は剣術道場の師範をしていた頃の蓮十郎を知っているので、なおさら怖かった。

　弥之助が顔を強張らせていると、蓮十郎はすぐにいつもの顔に戻って弥之助に訊ねた。

「ところで、お多恵ちゃんは五つになる男の子を庇う形で斬り殺されてしまったわけだが、その男の子というのは……」

「ええ、俺です」

　前後のことはまったく覚えていないが、血の海の中に転がっているお多恵ちゃんの白い顔は、大人になった今でもたまに夢に出てくる。

「まあ、俺のことはいいとして……いかがでしょうか、お多恵ちゃんが子供の守り神で、第一に男の子たちの精神鍛錬のため、第二に不幸な死に方をした子供の魂を救ってやるために溝猫長屋の子供たちに幽霊を見せているんだ、と俺が考えるのも、何となく納得できますでしょう」

「自分が命を張って庇った子供が碌な大人に育たなかったから、それなら他の男の子は厳しく鍛えてやろうとお多恵ちゃんが思ったのだとしたら面白いな。だから一番目の方はそれで構わないよ。しかし、二番目の方は、どうかな」

　蓮十郎は再び考え込んでしまった。しばらくそうして、また「分からん」と首を振った。

「栄三郎の件はそれでいいかもしれんが、それなら一昨日のことはどうなる。吉兵衛さんが説教している時に子供たちが必死に言い訳していてね。その時に話の中に出てきたんだが、あの連中、墓場で土左衛門の幽霊に遭ったらしいぞ。男か女かはっきりと言い切れないほど酷い姿だったらしいが、少なくとも大人だったようだ」

「ええ、それは俺も今朝、大家さんから聞きました。それで、そんなはずはない、きっと何かあるに違いないと思って、今日はその土左衛門の幽霊について調べ回っていたんですよ」

「どうだった」

「駄目でした」

　いつ、どの辺りで、どんな水死体が上がったか、というくらいの調べはついた。しかし無縁仏として葬られているくらいだから、その身許につながるようなことはまったく分からなかったのである。

「つまり、二番目の『不幸な死に方をした子供の魂を救ってやるため』とかいうのは、見当違いということになるわけだ」

「いや、それがそうとも言い切れないんですよ」

「うん？」

「子供たちに墓場のことを話した人がおりましたでしょう。その後、連中が放り出してきた釣り竿をわざわざ溝猫長屋まで届けてくれた、磯六という人です。一応、その磯六さんのところへも話を聞きに行ったんですよ。もちろん土左衛門の身許とか、そういうことは磯六さんもまったく知りませんでした。無駄足になったと思いながら、しばらく磯六さんと世間話をしていたんですが、そうしているうちに面白いことが分かりましてね。磯六さんは版木彫りの職人なんですが、腕はいいらしいんだけどちょっと融通が利かないところがあるようで、親方と大喧嘩《おおげんか》をして仕事場を追い出されたそうなんですよ。それで今は暇だから、ぶらぶらと過ごしているという話でした。あまり釣りはしないらしいんですが、一昨日は妙にしたくなったので、知り合いに釣り竿を借りて川辺に行ったらあの連中に会ったと、そう言っていましたよ」

「ふむ……だからどうした？」

「磯六さんが働いていた親方の所には以前、やはり腕のいい職人さんが通いで働いていたそうです。ですが事情があって酒浸りになり、碌に仕事ができなくなったために、磯六さんと同じように追い出されてしまったらしい。その事情というやつが気の毒な話でしてね。その職人さんはおかみさんを亡くしていて、男手一つで子供を育てていたそうなんです。ところが、ある時その子供の一人が殺されてしまったんです。その日は熱があったので手習を休み、家にいて一人で寝ていたそうなんですが、そこへ留守だと思った泥棒が忍び込んだんですよ。恐らく顔を見られてしまったためでしょうが、可哀想にその子は首を絞められて殺され、死体は床下へと……」

「ちょっと待った」蓮十郎が慌てた様子で話を止めた。「その殺された子ってのは……いや、言わなくていい。栄三郎のことなのは分かるから。ええと、つまり……どういうことなのかな」

「つながっているんですよ」

弥之助はそう言いながら立ち上がった。この話を吉兵衛にも伝えておこうと考えていた。

「まだ栄三郎の件が続いているんです。死んだ母親の形見が床下から見つかって、それでこの件は終わりだと思っていたんですが、どうやらお多恵ちゃんはまだ先へと導いていくつもりらしい。どこに行き着くかは分かりませんが、きっとこの後も何か起きるに違いありません。そこで先生にお願いがあるのですが、あまりあの子供たちをきつく叱り飛ばさないようにしていただけますか。それで縮こまってしまい、長屋に籠ったりしたら先に進まなくなる」

「あの四人ならその心配はいらないだろう」

「まあ、そうでしょうけどね」

分かってはいるが、念のために頼んだだけだ。もちろんこの後、同じことを吉兵衛にお願いに行く。恐らく吉兵衛は聞く耳を持たないだろう。たとえどんな理由があろうとも、長屋の子供が悪さをしたら力いっぱい叱言を食らわせるに違いない。そういう人だ。

――だが、それでもあの連中なら……。

まったく懲りずに、吉兵衛の目を盗んで何らかの動きを見せてくれるだろう。

あの子供たちのお蔭で今年は忙しくなりそうだな、と思いながら弥之助は忠次、銀太、新七、留吉の四人の顔を思い浮かべ、そっと微笑んだ。

質屋の隣に出る幽霊

一

「どうしておいらだけ仲間外れなんだよぉ」

銀太が空に向かって嘆くように言い、それから、ううう、と袖を目元に当てた。もちろん本当に泣いているわけではない。このところずっとこんな調子で同じことを唸り続けているので、他の三人がもう飽きてしまい、ほとんど返事もしないようになってしまっている。それで次第に大袈裟な、芝居がかったものに変わってきているだけである。

「幽霊に遭わなくて済むんだからいいじゃないか。銀ちゃんに何も起こらないものだから、次はきっと……」

隣でやはり空を仰ぎながら、新七が身震いした。

最初に起こった、栄三郎という男の子が殺された家の件では、新七は妙な臭いを嗅いだ。川の近くの墓場に忍び込んだ時は、後ろからついて来る死人の足音を聞いている。だから次はきっと自分が「見る」番になるに違いないと、恐れおののいているのだ。

多分、その考えは正しいだろう。お気の毒様だな、と思いながら忠次が横を見ると、苦笑いを浮かべている留吉と目が合った。同じようなことを考えていたようだ。

四人は今、住んでいる長屋の一番奥、井戸や物干し場があって少し広くなっている場所にいる。手習が終わると、長屋に住んでいる子供たちはここに集まって遊ぶのが常なのだ。

留吉がふっと目を動かしたので、忠次もつられるようにそちらを見た。年下の子供たちがどこかから縄の切れ端を拾ってきて、それを使って猫にちょっかいを出しているところだった。

忠次たちの住む通称「溝猫長屋」にはたくさんの猫がうろついているが、どれも子供たち、とりわけ男の子たちに対してはあまり懐いていない。だから下手に構ったら牙《きば》を剝《む》かれるか爪を立てられるかするのだが、こうして縄や紐などを動かして遊びに誘うと抗えないようだ。すでに三匹ほどの猫が子供たちの足下に集まり、半立ちになって前足で縄にじゃれついている。その他にも数匹が、まるで獲物を狙うかのように低い姿勢でそろそろと近づいていく様子が目に入った。

もちろんすべての猫というわけではなく、隅にある「お多恵ちゃんの祠」のそばに寝そべり、のんびりと日向ぼっこをしているのも何匹かいる。その近くでは女の子たちが座って、人形か何かで遊んでいた。

のどかな眺めである。忠次は両腕を上に伸ばしてあくびをした。今度は留吉の方が忠次の動きにつられたようで、こちらも大きなあくびをした。

仲間外れにされるのを嘆いている銀太、幽霊を見てしまうことを恐れている新七の二人と違い、忠次と留吉はこのところ至って呑気に日々を過ごしている。

忠次は、一度目の時は栄三郎の幽霊によって床下に引き込まれるという恐ろしい目に遭い、二度目の墓場では凄まじく嫌な臭いを嗅いだ。もちろん幽霊は恐ろしかったし、臭いも鼻がひん曲がりそうなほど酷かったが、喉元過ぎればなんとやらで、今ではもうその時の気持ちを忘れかけている。それに次の時は、自分は「聞く」番になるので気楽なのだ。

留吉も似たようなものらしい。初めの時は空き家で栄三郎のものと思われる声を聞いただけだ。その時はまだそれが幽霊のものだと気づいていなかったので、恐ろしいとまでは感じなかったそうだ。

留吉は二度目の墓場の時は、気を失っている間に夢の中で、水で死んだらしき女の幽霊を見た。こちらはかなり気味の悪い風体《ふうてい》をしていたようで、今でも思い出すのは嫌だと言っているが、それでも「聞く」「見る」を通り過ぎて次は「嗅ぐ」が残っているだけだから、忠次同様、心にだいぶ余裕があるようだ。

「……だけど、どうして銀ちゃんだけ何もないんだろうな」

まだ空を見上げてぼんやりと口を開けている銀太を横目で睨みながら新七が言い、その後で軽く舌打ちをした。新七は四人の中で一番大人びていて、いつも落ち着いた物腰の子供なのだが、これからほぼ間違いなく「見る」番がやってくると決まっているので、苛々《いらいら》しているのか近頃では少し柄が悪くなっている。

「それは、小さい頃に祠に小便をかけたせい、じゃないのかな」

忠次が答えると、新七は首を振った。

「その理屈だと、俺たちも祠に向かって小便をすればいいってことになっちまう」

「それじゃ試しにみんなで……いや、やめとこう。大事なところが腫れ上がるのは嫌だ」

「うん、それなんだよ。銀ちゃんはきっちり罰が当たったんだ。つまり、お多恵ちゃんは怒ったということになる。もしその怒りがまだ残っているなら、むしろ銀ちゃん一人だけが幽霊に遭うべきなんだ。仲間外れにされるより、そっちの方がよほど応えるはずだからさ。でも、なぜか銀ちゃんだけ何もない。どうしてだろう」

新七は不満そうな表情を浮かべた。それから小首を傾げ、呟くように言った。

「もしかして……同い年だと思っていたけど、実は銀ちゃん、ひとつ年下だとか」

今度は忠次が首を振った。

「いや、それは違うよ。大人たちに聞けば分かるけど、おいらと銀ちゃんはこの長屋で、まったく同じ日に生まれたんだ」

母親たちが産気づいたのもほぼ同時らしい。こりゃ手間が省けて良かったと、呼ばれた産婆《さんば》さんは喜んだという。しかもどちらも恐ろしいほどの安産だった。忠次は上に兄がいて二番目の子、銀太は長男で初めての子である。だから産婆さんは、初産《ういざん》の方が長くかかるだろうと踏んで、まず忠次の母親の様子を見ていた。するとなんと銀太の方が先に生まれてしまったのだ。そこで産婆さんが慌ててそちらの部屋に移ると、すぐに今度は忠次の部屋の方から元気な産声が響いてきたそうだ。

「今でも道でその時の産婆さんに会うと、お前たちの時は楽なお産だったと言われるんだ。だから、銀ちゃんが年下ってことはないよ」

「そうか。それじゃ、別にわけがあるのかな。それにしても、うちの長屋は猫も人もみんな安産だよな」

新七が呆れ顔で言った。忠次は頷いて辺りを見回した。

縄にじゃれついている猫や祠のそばで寝そべっている猫など、ぱっと見渡すだけで十匹は目に入ってくる。しかしこの溝猫長屋にいる猫はそれだけでは済まない。今はここに全部で十六匹も棲みついている。それもあくまでも今は、というだけの話で、どの雌猫も見事な安産で子猫をぽんぽん生むので、きっとまだまだ増えるだろう。死産だったとか、子猫の死体が落ちていたなどという話はまったく聞いたことがない。迷惑であり、嬉しい話でもある。

猫と同様、溝猫長屋では人間の方もみな安産で生まれる。留吉の家など、それで調子に乗って十人兄弟だ。これももちろん今のところは、という話である。もう増えないとは決して言い切れない。

「だけど、十人も子供が生まれると名前を考えるのが大変だろうな」

新七が言うと、「そうでもないんだよ」と留吉が首を振った。

「おいらは五番目だろ。それで止めるつもりで留吉になったらしいんだ。ところが……」

下に女の子が生まれてしまった。付いた名前は「末」である。これが末っ子、間違いなく最後だという腹積もりだったのだろう。しかし世の中そううまく行くはずもなく、このお末ちゃんの下に男の子が生まれた。これは「捨吉」と名付けられた。

それで終わりではなかった。さらにその下に弟が生まれ、これは「まだ残っていやがったのか」という気持ちを込めて「残吉《ざんきち》」になった。その次に生まれたのが「福《ふく》」という女の子。これは「残りものには福がある」という意味らしい。

「で、この間生まれたのが『余吉《よきち》』だよ。余りものだから」

「……次はどうなるんだろうな」

「何にしてもちゃんと考えて名付けてほしいよ」

留吉が嘆くように言うと、銀太が「うちだって同じだよ」と口を挟んだ。

「うちの父ちゃんは将棋の盤とか駒を作っている職人だろう。しかも金五郎《きんごろう》っていうんだ。それで、おいらが生まれたから銀太と名付けた。将棋の駒なんだよ。だから妹も……」

銀太には妹が二人いる。一人は「桂《けい》」で、その下が「香《こう》」である。

「……もしこれから先、弟が生まれたら間違いなく飛次郎《とびじろう》とか角三郎《かくさぶろう》　歩四郎《ふしろう》になる。でも男の子はいいよ。もし女の子が生まれたら、お飛《とび》、お角《かく》、そして……」

「……お歩《ふ》」

「食いもんじゃねぇか」

銀太と留吉は二人並んで、はぁあ、と溜息を吐いた。

ちなみに忠次のところは、もう奉公に出ている三つ上の兄の酉太郎、二つ下の弟が寅三郎という三人兄弟である。酉、寅から分かるように、ただ生まれた年の干支《えと》から付けられているだけだった。そして忠次は子年《ねずみどし》の生まれだ。つまり忠次の「忠」は忠義とか忠君の忠ではなく、実は鼠《ねずみ》の鳴き声を表しているのである。

「本当にちゃんと考えて付けてほしいよな……」

忠次も一緒に並んで、はああ、と溜息を吐いた。棲みついている犬は野良太郎だし、この長屋の大人はどういうわけか名付け方が適当だ。実は十六匹いる猫にもすべて名前が付いているが、これもものすごくいい加減なのである。

「……とにかく銀ちゃんは幽霊に遭わないで済んでいるんだから羨ましいよ。ああ、もう、どうせ次は俺が見るんだろうから、さっさと出てくればいいのに」

こんな蛇《へび》の生殺しみたいな目に遭うのは辛いと、新七はまた空を仰いだ。

「……それなら、いい話があるわよ」

後ろで四人とは別の人の声がして、跳び上がらんばかりに驚いた忠次たちは慌てて振り返った。女の声で、しかもかみさん連中とは明らかに違う若い娘の声だったからである。この長屋で若い娘を見るとすれば、他所に女中奉公に出ている留吉の姉たちが宿下がりの際に帰ってくる時くらいだが、今はその時期ではない。だから、ついに出たかと思ったのだ。

四人の後ろに立っていたのは、色の白い、目元の涼しげな大変に綺麗な娘だった。年の頃は十五、六で、四人よりいくらか上である。どこかに稽古事に行った帰りなのか、風呂敷包みを胸の前に抱えている。楚々とした佇まい、口元に控えめに湛《たた》えられた笑み、まるで汚い長屋に間違って咲いた一輪の花のようで、忠次は思わず見とれてしまった……が。

「こらっ、他人《ひと》の匂いを嗅ぐなっ」

娘は持っていた風呂敷包みを振り回し、留吉の鼻っ面にぶち当てた。どうやら留吉も、これは幽霊が出たに違いないと思ったらしく、娘に近寄って必死に鼻を動かしていたのである。

「……ごめんなさい」

鼻を押さえながら留吉がうずくまった。鼻血までは出ていないが、相当強く叩かれたようで、目に涙を浮かべている。

「まったくもう」

娘は怒った顔で留吉を見下ろし、それから忠次や新七、銀太の方へ目を向けた。どうやら気性はややきつめの娘のようだ。しかし、こうして見えているということは、少なくとも生きている人間なのは確からしい。忠次はほっと胸を撫で下ろした。

「あんたたち、お化けを見たいんだってね」

娘はそう言うと、三人の顔を見回してにこりと笑った。

二

娘の名はお紺《こん》といった。隣町の質屋、菊田屋《きくたや》の一人娘ということだった。

「うちのすぐ脇に建っている家に、幽霊が出るらしいのよ」

お紺はそう言うと、忠次たち四人を見回した。

そこは菊田屋の持ち家で、かつてお紺の祖父の茂左衛門《もざえもん》が、隠居した後で祖母と一緒に暮らしていたという。道楽の骨董《こっとう》集めをのんびりとするためということだったが、しかしその祖父は一昨年、病で亡くなってしまった。そこで祖母は菊田屋に戻り、その家は貸家にした。ところがなかなか店子が居つかないそうだ。

「だいたいひと月、早ければ五日くらいで出ていっちゃうわね。家主であるお父つぁんも気になって、出ていく人に訊ねるわけよ、何かあるでしょうかって。そうしたら……」

夜中、寝ていると誰もいないはずの二階で人が歩き回る足音がするのだそうだ。

決して大きな音を立てるわけではなく、どこか遠慮がちに、ぎっぎっ、と床を軋ませながら歩くという。それで、これは泥棒に違いないと心張棒《しんばりぼう》や擂粉木《すりこぎ》を手に二階に上がってみると誰もいない。気のせいかと思って一階に下り、寝床に戻ってしばらくするとまた音がする。そこでまた二階に行くと、やはり誰もいない。そんなことを繰り返すので、おちおち寝ていられないのだとその人は語った。

「中には寝床を二階にしている人もいたわけよ。その人が言うには……」

夜、布団の周りを歩く人の気配で目覚めるのだという。行灯《あんどん》は消してあるので真っ暗だ。その暗闇の奥を、ゆっくりと何者かが動いている。

その人は布団に仰向けになったまま、目を動かして音のする方を探った。するとしばらくして足音は布団に近寄ってきた。その人は確かに、暗闇の中で覆いかぶさるようにして自分の顔を覗き込む人の気配を感じたという。

「……やがてその気配は消えたそうだけど、真っ暗闇で助かったって言ってたわね。もし少しでも明かりがあったら、目と鼻の先で相手の顔を見てしまったかもしれないって。もちろんその人は、それからすぐに出ていったわよ。無理もないわよね。それで、お父つぁんもいろいろと頭を捻ったのね」

その家がある場所は、元々は菊田屋と隣の桶屋との境目の土地で、菊田屋側は庭、桶屋の方には道具などを仕舞う小さい小屋が建っていた。お紺の祖父の茂左衛門はその桶屋側の土地を買い取って、新しく隠居所を造ったのだ。つまり、これまでその家で亡くなったのは茂左衛門だけ。だからもし幽霊が出るとすれば、それは茂左衛門しか考えられない。

お紺の父親の岩五郎《いわごろう》は、茂左衛門は自分が道楽で集めていた骨董のことが気になっているのではないかと思い至った。それらは祖母が菊田屋の方に戻ってくる時に片付けて蔵に仕舞ってあった。そこで岩五郎は骨董品を蔵から出して貸家の二階に並べ、次に店子になった人には一階だけを使ってもらうようにしたのである。

「……お祖父《じい》ちゃんが集めた骨董は売り払ったりせず、まだちゃんとありますよって示せば、もう出てこないと考えたわけ。ところがやっぱり足音がして、その店子も出ていっちゃったわけよ。うちのお父つぁんは気が短くてね。もう知らんって感じになって、それから店子を探すのをやめちゃった。だから今は、そこには誰も住んでいないの。でも、お祖父ちゃんがどうして幽霊になって出てくるのか、そのわけが知りたいじゃない。だから、あんたたち四人にそこへ忍び込んで訊ねてほしいのよ」

話し終わったお紺は、そこでまたにこりと笑った。

忠次たち四人は顔を突き合わせ、声を潜めて相談を始めた。むろん、この話に乗るかどうかという内容である。おおよそのことはお紺の話で分かったが、まだはっきりとしていない点が幾つかあった。それを確かめないといけない。

まずは忠次が顔を上げて、お紺に訊ねた。

「……ええと、お紺ちゃんは、いったい誰から聞いたんですか。その……おいらたちがお化けを見たがっているとかいう話を」

最も不思議な点はそこだ。お多恵ちゃんの祠のことは、この長屋の住人の他はあまり知らないはずである。もちろん弥之助親分や古宮蓮十郎のような者もいるが、ごく少数だ。ましてや忠次たちが幽霊を分かってしまうといったことを知っている者が、そうあちこちにいるとは思えない。いったいどうやってお紺の耳に入ったのか。

それに、そもそも忠次たちは決して幽霊を見たがっているわけではない。むしろこんな目に遭っているのを迷惑だと思っているのだ。せいぜい、仲間外れになっている銀太が一人で騒いでいるだけである。

「よくうちの店に来る常連さんから聞いたのよ。お父つぁんがちょっとご近所に用事で出ている時にいらっしゃってね。おっ母さんが呼びに行っている間にあたしがしばらく話し相手をしていたの。その時にあたしが脇の家の足音のことを喋ったら、その人があんたたちの話を出したのよ」

「それは……弥之助親分？」

「違うわ。磯六って人よ。版木彫りの職人さんなんだけど、なんか親方と喧嘩して店を追い出されたって言ってたわね。それで、うちへ質入れにちょくちょく来るようになったのよ。磯六さんは、釣りに行った時にあんたたちに会ったらしいわね」

「……ああ」

忠次は頷いた。川辺で会った「子供に怖い話を聞かせるのが好きなおじさん」だ。確かあの時も銀太がお化けに向かって出てきてみやがれと叫び、それを磯六が聞きとがめたことから墓場に足を踏み入れることになったのだ。あの人なら納得できる。

今度は留吉がお紺に訊ねた。

「その家に幽霊が出るのは夜の、人が寝ているような時なんだよね。そうなると、おいらたちは夜中にそこへ行くことになっちゃうんだけど……」

「昼間は出てこないんだから当然よ。夜になってからこっそり来てちょうだい」

「そんな無茶な」

子供だけで夜中に出歩くなんて親が許すはずがない。行くとすれば黙って家を出てくることになるが、もしそれがばれたりしたら大目玉だ。

「厠にでも行くふりをして、そっと抜け出してくればいいじゃない。隣町って言ってもたいして遠くないし、ぱっと来て、さっとお祖父ちゃんに会ってわけを訊いて、すっと帰ればばれやしないわよ」

お紺が涼しい顔をして言った。

「ええと……」今度は銀太が訊ねる。「お紺ちゃんも、一緒にそこへ忍び込むんだよね」

「夜中に家から出たりしたらお父つぁんに叱られちゃうじゃない。あたしは嫌よ。ああでも、二階に骨董品が置きっぱなしだから裏口にも錠前が取り付けてあるんだけど、それはちゃんと外しておくから安心して。ただし、もし誰かにばれたりしても、あたしが唆《そその》かしたなんて言っちゃ駄目だからね。これでも品の良さでご近所では評判の、菊田屋の箱入り娘なんだから」

「……そうですか」

さすがの銀太も呆れ顔だ。留吉や新七も似たような表情を浮かべている。もちろん忠次もだ。ご近所では評判だとか、箱入り娘だとか、自分から言う人を初めて見た。

「そこに出るのはお祖父さんの幽霊らしいということだけど……」新七が訊ねた。「その、お紺ちゃんのお祖父さんは、いったいどういう人だったの。優しい人だとか、あるいはすごく厳しい人だったとか……」

「とにかく優しいお祖父ちゃんだったわ。うちはお父つぁんとおっ母さん、それにお祖母《ばあ》ちゃんが厳しい人で、ちょっとしたことであたしを叱るんだけど、お祖父ちゃんからはただの一度も叱られたことがなかった」

「ふうん」

四人は再び顔を突き合わせ、本腰を入れて相談し始めた。まずは忠次から口火を切る。

「いくらなんでも子供だけで夜中に出歩くなんて駄目だよ。この話は断ろう」

当然の意見である。もちろんみんなもあっさり同意してくれるだろうと思いつつ、他の三人の顔を見回した。

驚いたことに、誰一人として頷く者はいなかった。

「おいらは行くべきだと思うな」銀太が言った。「一度、夜中に外を歩いてみたかったんだ。それにもし親にばれたとしても、叱られるなんてことは慣れっこだし」

確かにこの頃は親やお師匠さん、大家さんからずっと叱られ続けている気がする。

「それに、とにかくおいらは仲間外れにされてるのが嫌なんだ。お紺ちゃんが出るって言っているんだから、きっと出るんだろう。それなら行かなくちゃ」

「銀ちゃん……お紺ちゃんを信じるのかい」

「美人だからな。確かにちょっと性格に難があるけど、少なくとも嘘はついていないだろう」

「ううん」

器量に騙《だま》されている気がする。

「おいらは……三人が行くんなら付き合ってもいいよ」今度は留吉が口を開いた。「弟や妹の世話をしなくちゃならなくて、近頃はあまり一緒になることもなかったからさ。夜中なら弟や妹は寝てるから一緒に行ける。それにうちの場合、忠ちゃんや新ちゃんの家に泊まるって言えば済むことだから」

留吉は弟妹が多く、狭い部屋に押し込まれるように寝ている家なので、割と簡単に泊まりの許しが出るのだ。銀太のところはもっと部屋が狭い上に妹が二人いるので無理だが、忠次のところは弟が一人でまだましなので、これまで何度か泊まりに来ていた。

「留ちゃんまでそんなこと言うのか」

忠次は肩を落とした。きっと留吉は、次は「嗅ぐ」の番だから気楽ということもあるのだろうが、それにしても今回の話は子供には荷が重い気がする。

さすがに新七は異を唱えるだろうと期待しながら、忠次はそちらへ顔を向けた。

「……俺も、行ってもいいと思う」

「ええっ、新ちゃんもかよぉ」

最後の頼みの綱の新七にまで反対され、忠次は嘆きの声を上げた。

「……新ちゃん、気は確かかい」

「俺は正気だよ。恐らく次は俺が見る番になるだろう。どうせいずれ見る羽目になるなら、ここで手を打った方がいいと思うんだ」

「ははあ」

今回は出る相手がお紺の祖父だと分かっている。もちろん会ったことがあるわけじゃないが、それでもまったく知らない相手がいきなり出てくるよりは、多少は心構えというものが違う。それに優しい人らしい。このお紺を一度も叱ったことがないというのだから相当のものだろう。ここで手を打ちたいという新七の気持ちは分かる。

「だけどなぁ……」

「忠ちゃんが嫌だというのなら来なくてもいいさ。おいらたち三人で行くから」

銀太がにやにやしながら言った。仲間外れにされた者の気持ちが分かったか、というような表情である。

忠次は顔を顰めた。もの凄く嫌なわけではないが、寂しさと不安が入り混じった何とも言えない気持ちになる。

「いや、三人が行くと言うなら、おいらも……」

忠次が言いかけた時、ぱんっ、と手を叩く音がした。慌ててそちらを見ると、お紺が満面に笑みを湛えていた。

「それじゃ、あたしはうちに戻って裏口の錠前をこっそりと開けておくから。ああ、それと、うちのお父つぁんはちょっとした物音でもすぐに起きちゃうから、気を付けて忍び込んでよ。それに念を押しておくけど、もしお父つぁんや他の大人に捕まったとしても、あたしの名は出さないようにね」

それじゃ、と言ってお紺は帰っていった。その後ろ姿を見送ってから、忠次は空を仰いで深く溜息をついた。

三

親と弟が寝息を立てているのを背中で聞きながら、忠次はそっと部屋を抜け出した。

暗い中を待ち合わせ場所の祠の方へ歩いていくと、ぼそぼそとした声が聞こえてきた。次はほぼ間違いなく忠次が幽霊の声を聞く番だ。まさかこんな所で出くわしたんじゃないだろうな、と震えながら耳を澄ますと、それは新七が喋っている声だった。

「茂左衛門さん……いや、お紺ちゃんのお祖父さんと呼んだ方がいいかもな。その方がお紺ちゃんの知り合いだと分かって怪しまれずに済む。ええと、お紺ちゃんのお祖父さん、いったいどうして幽霊などになって出てくるのでしょうか。ぜひ教えてくださいませんでしょうか……いや、もっと子供っぽく訊いた方がいいのかな」

お紺の祖父に会った時に告げる言葉の稽古をしているようだ。いきなりだと何も喋れないかもしれないから、稽古しておきたい気になるのも無理はないが、正直やめてほしい。長屋の誰かが知らずに小便に起きてきたら、それこそ幽霊が出たと大騒ぎになりかねない。

空には細い月が遠慮がちに懸かっている。その幽かな明かりの下で目を凝らすと、祠のそばに新七と留吉の二人がいるのが分かった。留吉は、今晩は新七の家に泊まることになっていたから、二人して抜け出してきたのだろう。

「銀ちゃんはまだかい」

二人に近づいた忠次は、声を潜めて訊ねた。

「うん」留吉が頷く。「もしかしたら寝ちゃったのかもね」

「うわっ、銀ちゃんが一度寝たら、朝まで起きないよ」

銀太は前に、きっと早起きしてみせると豪語して、寝る前に水をたらふく飲んでから床に入ったことがあった。そうすれば小便がしたくなって嫌でも起きるからという考えだったようだ。ところが見事に寝小便をして、その冷たい布団の上で日が昇るまで寝続けるという、なんとも間抜けな結果に終わった。もちろん忠次たちは寝小便のことをからかったが、それに対して「どんなに冷たい布団でも眠り続ける、その根性を褒《ほ》めてくれ」と言って堂々としていた。銀太とはそういう子供だ。

「……三人で行こうか。どうせ今回もきっと、銀ちゃんには何も起こらないと思うし」

新七がぼそりと言った。留吉が頷き、歩き出そうとする。その二人を忠次は止めた。

「いや、もうちょっと待とうよ」

自分も危うく仲間外れにされかけたので、銀太に少しだけ同情しているのだ。

止めたのは正しかった。少し待っていると、長屋の路地からのっそりと銀太が姿を現した。

「ごめん、寝てたみたいだ」

「よく起きたね」

「妹に鼻っ面を思いっきり蹴っ飛ばされたんだ。あいつ寝相が悪いんだよ」

銀太は手で鼻の辺りをさすりながら近づいてきた。これで四人がそろった。

「それじゃ、さっそく行くとしようか」

嫌なことは早く済ませてしまいたいという考えなのだろう。新七が先に立って歩き出した。

木戸を閉めてしまった後でも棲みついている犬が出入りできるように、「犬潜り」というものが開けてある長屋がある。犬が通れるように板塀の一部を切っているだけのものだが、野良犬の野良太郎が根城としているこの溝猫長屋にも犬潜りはあった。たいして器用ではない大家の吉兵衛がどこかから鋸《のこぎり》を借りてきて自分で開けたので、犬どころか子供でも通れるくらい大きい穴になっている。四人はそこを通って裏通りに出た。

そこからは、野良猫しか通らないだろうというくらいの、家々の間の細い隙間を縫うようにして進んでいく。生まれた時からずっとここで暮らし、遊んでいる忠次たちなので、そういう場所は知り尽くしているのだ。誰にも見とがめられることなく、あっさりと隣町にある菊田屋の前に着いた。

すぐ隣に寄り添うようにして一軒の二階家があった。菊田屋の庭と隣の桶屋の道具小屋を潰して建てたとお紺は言っていたから、目当ての家はこれに間違いない。

四人並んで鼻を動かす。忠次には何も感じられなかった。この辺りに変わった臭いはまったく漂っていない。

もっとも、もし嫌な臭いを嗅ぐとすれば、それは恐らく留吉だろう。もしかしたら銀太ということも考えられなくもないが……と思いながら忠次は横を向いた。

まず銀太を見ると、何度も鼻で大きく息を吸い込んでいた。忠次があの墓場で嗅いだような臭いを感じたとしたら、そんなことはできないはずだ。どうやら銀太は、忠次と同様、怪しい臭いは感じていないらしい。

今度は留吉の様子を窺う。暗いので顔色までは分からないが、鼻でそっと息を吸っては首を傾げている。

「何か感じるの?」

忠次が訊ねると、留吉は首を振った。

「よく分からないよ。何かの臭いがするようにも思えるんだけど、気のせいかもしれない」

「もっと近くに行った方がいいのかな」

忠次は家の脇を覗き込んだ。どうやらそこから裏口に回り込めそうである。しかし忠次は足を踏み出せないでいた。よくよく考えると、ここは幽霊が出るという家なのだ。さすがに先頭になって進むのは怖い。

躊躇《ためら》っていると、忠次の横をすり抜けて銀太が家の脇を歩いていった。相変わらず肝だけは据わっている。その後ろから新七が続いた。留吉も鼻を動かしながらついて行く。ここでようやく忠次も足を踏み出した。

お紺が言った通り、裏口の錠前は外されていて、開くようになっていた。忠次が追いついたことを確かめた銀太が、ゆっくりとその戸を開く。

途端に留吉が、うっ、と短い声を上げた。何かの臭いを感じたらしい。しかし、まだ鼻を動かしているところを見ると、その臭いも幽かなものなのか、あるいは忠次が墓場で感じたような酷いものではないらしかった。

忠次も鼻を使って臭いを嗅いでみた。何も感じなかった。空き家とはいえ最近まで使われていたので、栄三郎の死体が見つかった家に忍び込んだ時に感じたような埃っぽさすらない。

「留ちゃん、何か感じるのかい」

新七が訊ねると、留吉はもう一度大きく臭いを嗅いだ後で首を傾げた。

「明らかに感じるけど、新ちゃんや忠ちゃんが言っていたような、鼻が曲がるような嫌な臭いじゃないよ。これは……お線香の匂いだ」

留吉の言葉を聞いて、残りの三人は必死になって鼻を動かした。しばらくして、三人そろって首を振った。

「お線香の匂いなんてしないよ」

忠次が言うと、銀太も残念そうに呟いた。

「おいらにも分からないや」

「これはつまり、ちゃんと弔われているからだろうな」新七が言った。「最初の空き家では、そこで死んだ栄三郎はしばらく床下に亡骸が隠されていた。二度目の墓場の時は、出てきたのは土左衛門の幽霊だ。水の中で腐って、引き上げられた時には恐らく酷い臭いをまき散らしていたことだろう。俺と忠ちゃんは、きっとその臭いを嗅いだんだよ。ここで亡くなったお紺ちゃんのお祖父さんは亡くなってすぐにきちんと弔いをしてもらっているから、留ちゃんはお線香の匂いを感じているんじゃないかな」

「そうか」

納得のいく理屈である。さすが新七は頭の出来が違う。

「そうなると、ここに幽霊が出るってのは確かなことらしいね」

「うん、そうだね。留ちゃんはこれでお役御免だ。ここに残っていていいよ。俺たち三人で中に入るから」

新七が裏口をくぐって中へと足を踏み入れた。すぐに「あれ？」と言って立ち止まる。

「蠟燭《ろうそく》がある。それと火口《ほくち》箱」

裏口を入ってすぐの狭い土間に、新七が言ったものが置かれていた。お紺が用意したものに違いない。

すぐに火口箱から道具を出して火を熾《おこ》す。慣れてないと手間取るものだが、案外とすぐに点いた。その火を蠟燭に移して家の中を照らすと、忠次が床下に落ち込んだ栄三郎の家と同じような造りだと分かった。土間を上がったすぐの部屋の隅に二階に上がる梯子段があり、一階にはその奥にもう一部屋ある。多分、二階もまったく同じ間取りだろう。

「確か、幽霊が出るのは二階だったよね」

蠟燭を持った新七が手前の部屋に上がった。そう言ったのだから梯子段の方に行くのかと思いながら眺めていたら、そのまま素通りして先の部屋へと入っていく。どうやらまず一階を見て心を落ち着かせようという腹らしい。

留吉を裏口に残し、忠次と銀太も家の中に入った。今は空き家なのだから当たり前だが、どこにも物が置かれてなくて、がらんとしていた。しかし最近まで人が住んでいたので荒れた様子はなく、むしろすっきりとした感じである。建物もお紺ちゃんの祖父が隠居してから建てたものだから古くはない。だから、栄三郎が殺された家に忍び込んだ時と比べれば不気味さはなかった。

それほど怖くなくて助かったな、と忠次が思いながら新七に追いついた時、頭の上で、ぎしっ、ぎしっと軋むような音がした。

忠次は慌てて天井を見上げた。畳の上を擦るような音も聞こえてくる。誰かが二階を歩いているのだ。

「どうかしたの、忠ちゃん」

忠次の様子に気づいた銀太が声をかけてくる。

「銀ちゃんこそ、どうしたんだ。はっきりと足音がするじゃないか」

足音がする場所を目で追いながら忠次は答えた。どうやらこの真上にある部屋を、円を描くように歩き回っているようだ。

「時々、板が軋むような音はするけど……」

銀太が首を傾げる。忠次は驚いて銀太の顔を見つめた。

「うん、俺も銀ちゃんが耳にしている音しか聞こえない」新七が頷く。「でも、今回は忠ちゃんが何かを聞く番だからね。多分、俺たちには分からない音を感じているんだろうな」

そう言いながら新七も天井に目をやった。忠次のように足音の場所を目で追うようなことはしていない。上で何らかの気配がすることには感づいているが、忠次と違って明らかに人の足音であるとまでは分からないようだ。

「留ちゃんは線香の匂いを感じたし、忠ちゃんは足音を聞いている。次はいよいよ、俺がその姿を見る番か……。嫌だけど、ここできっちりと済ませておきたいしな」

新七が一度ぶるぶるっと体を震わせて、それから梯子段の方へそろそろと歩いていった。

「まだおいらが見るってこともあり得るだろうが」

銀太が文句を言いながら新七の後ろに続く。

「……ええと、おいらはこれで、お役御免ってことでいいんだよね」

忠次は訊ねた。今回は、自分は音や声が聞こえるだけ。一緒に上へ行っても見ることはできないのだ。留吉と二人で、裏口で待っていた方がいい。

梯子段に足を載せて上りかけていた新七が足を止めた。少し首を捻って考えるような仕草をしてから、「いや、来ないと駄目じゃないかな」と答えた。

「どうして?」

「ここに来たのは、どうして幽霊になって出てくるのかをお紺ちゃんのお祖父さんに訊ねるためなんだよ。でも、俺たちは『見る』『聞く』『嗅ぐ』の三つに分かれてしまっているんだ。だからもし上にお紺ちゃんのお祖父さんの幽霊がいたとしたら、その姿が見えるのは多分俺だけだけど、声は忠ちゃんにしか聞こえないと思う。いてくれないと困るよ」

「……そうか」

自分がいないと新七は、ぱくぱくと口を動かすじいさんを眺めるだけになってしまう。

案外と不便なものだな、とお多恵ちゃんに愚痴を言いたい気分になりながら、忠次も仕方なく梯子段の方へと進んだ。

二階に上がると、その先にもう一つ部屋があって襖が閉じられていた。やはり下と同じ間取りだ。忠次が足音を聞いたのはその、襖の向こう側の部屋である。

忠次は耳を澄ました。お紺の話では、ここに住んだ人が二階の気配を感じて上がっていくと音はやんだということだったが、残念ながら今は足音が聞こえ続けている。

「まだいるみたいだ」

小声でそっと耳打ちすると、新七は顔を顰めた。

しかし、それはほんのわずかのことだった。すぐにきりりと引き締まった顔になる。

「ここまで来て逃げるのも間抜けだ。とにかくやるしかない。ええと、蠟燭は忠ちゃんが持っててよ。それで、銀ちゃんが一気に襖を開ける。そうしたらすぐに俺が、中にいるお紺ちゃんのお祖父さんに話しかけるから」

「わかった」

三人はそれぞれの場所についた。新七が襖から少し離れて立つ。銀太は襖のすぐそばで膝を落として両手を引き手に伸ばす。忠次は蠟燭で二人を横から照らしている。

銀太が新七の方を振り向いた。新七は忠次の顔を見る。忠次は耳をそばだてて、襖の向こう側の気配を探った。

足音がゆっくりと動いている。部屋の向こうの端を歩いている。角まで行くと向きを変え、今度は手前の方へ近づいてくる。

一番端の襖のところまで来た。そこでまた向きを変え、襖に沿って歩き出す。

足音はとうとう銀太のすぐ向こう側にまで来た。忠次は小声で短く「今だっ」と告げた。

ぱんっ、と音を立てて、銀太が一気に襖を開いた。

忠次の目に、隣の部屋の様子が飛び込んでくる。大小さまざまな大きさの箱があちこちに積まれていた。きっと壺とか掛軸とか、お紺の祖父の茂左衛門が集めたという骨董品が収められているのだろう。部屋の中にあるのはそれだけで、足音の主の姿は、忠次の目には入ってこなかった。

襖が開かれたのとほぼ同時に、新七が口を開いた。祠の前で稽古をしていた通りの言葉が口からほとばしる。

「ええと、お紺ちゃんのお祖父さん。いったいどうして幽霊などになって……」

しかし新七の声はそこで止まってしまった。代わりに「ひゅっ」と息を吸い込む音が聞こえてくる。不思議に思って忠次が目を向けると、新七は目をまん丸く見開き、口をあんぐりと開けたまま、一歩、二歩と後ずさっていた。

「ちょっと新ちゃん、どうかした……」

「話が違うじゃねぇかっ」

新七は叫び、凄い勢いで梯子段の方へと逃げ出した。だっ、だっ、だっ、だっ、と夜中にもかかわらず大きな音を立てて下りていく。しかし傾きのきつい梯子段を何の明かりも持たずに駆け下りたものだから、当然のごとく足を踏み外し、途中から音が、だだだだっ、どんっ、ごんっ、というものに変わった。最後に「痛ぇ」という声が加わり、そして静かになった。

「ちょっと新ちゃん、頭でも打ったのかい」

銀太が襖の前から動き、梯子段の上から一階を覗き込んだ。心配げな顔がすぐに「あれ?」というものに変わり、忠次の顔をちらっと見てから首を傾げながら下りていった。

こんなところに一人で残されては堪《たま》らないと、忠次も急いで追いかけた。梯子段の最初の一段目に足を踏み下ろしかけた時、すぐ背後で「お金を……」という声がした。

女の声だった。忠次は慌てて振り返る。

そこには誰もいなかった。いや、いるのかもしれないが、忠次の目には見えなかった。

次の瞬間、すっと目の前の景色が上へと動いた。梯子段を踏み外したのである。

だだだだっ、どんっ、ごんっ、という大きな音が家の中に鳴り響いた。続けて「ぐぇっ」という声が加わった。最後のは、忠次が先に下りた銀太の上に落ちたために、銀太の口から漏れ出た声だ。

「……ごめん、銀ちゃん。怪我はないかい」

「うん、おいらは丈夫にできているから平気だけど、でも……」

二人の顔を明かりが照らした。忠次が持っていた蠟燭は梯子段を落ちる途中で消えてしまったので、これはまったく別の人が照らしている光である。

「お二人さん、怪我がないようならこっちへ来て、お友達と一緒に並んでもらおうかな」

見上げると、おっかない顔をしたおじさんが立っていた。その後ろの部屋の隅に、留吉と新七が正座をして座らされているのが見えた。

「夜中にふらふらと出歩いて、こんな空き家に忍び込むなんざ、まったく碌でもない餓鬼どもだ。まぁ、元はと言えばうちの馬鹿娘が悪いんだけどな」

よく見ると端っこにお紺もむすっとした顔で座っていた。どうやらこの人はお紺の父親の岩五郎らしい。

「さすがに番屋に突き出すのは勘弁してやる。だが拳骨の一つや二つは覚悟するんだぞ」

岩五郎はそう言うと、お前たちも並んで座れというように顎をしゃくった。

四

忠次、銀太、新七、留吉の四人は、溝猫長屋の奥の板塀に背を付けるように並んで座らされていた。四人の前には怖い顔をした大家の吉兵衛と、どこか楽しげな顔をしている目明しの弥之助親分が立っている。

手習を終えて長屋に戻ってからのことなので、その後ろには遊びながらたまににやにやとこちらを見る忠次や銀太、留吉の弟妹など、年下の子供たちがいた。四人が叱られている様子はちょっとした見世物になっている。

岩五郎は、本人も言った通り四人を番屋に突き出すようなことはしなかったが、それでも親にはちゃんと伝えておかなければと考えたようで、翌日になってから長屋を訪れたのだ。それで四人が夜中に抜け出して空き家に忍び込んだことが親に知らされ、さらにそこから吉兵衛へと伝えられた。それが一昨日《おととい》のことである。その日から今日まで、手習が終わると四人はこのように、板塀の前で正座させられるという罰を受けている。

ところで、どうしてあの晩、岩五郎にばれてしまったかというと、すべてはお紺のせいだった。忠次たちの様子を見るために夜中にこっそり家を抜け出そうとしたところを岩五郎に捕まったらしい。実はその前に、空き家の裏口の錠前の鍵をお紺が持っていたことにも岩五郎は気づいていて、ずっとお紺のことを窺《うかが》っていたようなのだ。

「結局お紺ちゃんが間抜けだったのが悪いんだよな」

銀太が口を尖らせて文句を言った。

ちなみにお紺は自分のことを「菊田屋の箱入り娘」だと言っていたが、実際には「箱に入れても勝手に出てしまう困った娘」であるというのが岩五郎の談であった。

「こら銀太、喋らずに背筋を伸ばしてしっかり座っていなさい」

吉兵衛が叱り飛ばした。銀太は「はいっ」と返事をして姿勢を正した。

「……でも大家さん。さっきから猫がうるさくて」

「我慢だ、我慢」

溝猫長屋に棲みついている猫たちは、いつもはあまり忠次たちに興味を示すことはない。女の子たちはともかく、男の子は急に動いたり乱暴な遊びをしたりすることがあるので苦手なのだろう。しかし、こうして罰を受けてじっと座っていなければならない今は、普段と様子が違うからか、困ったことに興味を示してやたらと寄ってくる。前足で膝の辺りをつついたり、背中を上ってきたりするのだ。さっきは留吉がいきなり「痛いっ」と叫んだので横目で見ると、手の甲を思い切り引っ掻かれていた。ちょっかいを出しても一向に動こうとしないので、猫が腹を立てたとみえる。

「だいたいね、お前たちが空き家に忍び込んだのはこれで二度目だよ。しかも今回は夜中だ。この前は子供だけで行ってはいけないよと言っている川辺へ遊びに行ってしまうし、まったくお前たちときたら……」

この三日の間に何十回と耳にした叱言の頭の部分が吉兵衛の口から出た。ここからまた同じ説教を長々と聞かされるのかと、忠次は思わず目をつぶって吉兵衛に分からないように溜息を吐いた。

しかし今度の説教は長く続かなかった。横から助け舟を出すように、弥之助が口を挟んだのである。

「ああ、そうそう。大家さん、菊田屋の隣の家に出る女の幽霊ですが、どうやら正体が分かりましたよ」

「ほう」吉兵衛は弥之助の顔を見た。「そういえば、そのことを調べていると言っていたね」

「ええ、今回の件で歩き回っている幽霊が女かもしれないってことになって、菊田屋の岩五郎さんも気になったみたいで。それで頼まれたんですよ。あの家で亡くなっているのは茂左衛門さんだけで、女の幽霊になんてまったく心当たりがない。だから岩五郎さんは、もしかしたら茂左衛門さんがこっそり他所に女を作っていたのではないか、と思ったみたいなんです。その女が亡くなり、茂左衛門さんを探して出てきた、ということですね。茂左衛門さんは道楽といえば骨董集めだけで、決して女好きというわけではなかったようですから、あまり考えられないが、とも言っていましたが、こういうことはきっちりしておかないと後々面倒なことにもなりかねませんから、念のために調べた方がいい、ということでしょう」

「確かにそうだな。それで、結局はどうだったんだね」

「茂左衛門さんの周りに、そういう女はいませんでした。しかし、それなら空き家に出る女は何だということになります。それで、新七の見た女に本当に心当たりがないか、岩五郎さんに思い出してもらいました」

そういえば昨日ここで吉兵衛から説教を受けている時にも弥之助はやってきて、新七にその女の風貌について事細かく訊ねていた。

あの晩、新七があの襖の向こう側の部屋に見たのは、貧相な顔をした痩せぎすの、四十前後の女だったという。さすがに頭の出来がいいからか、新七はその女の面立ちをしっかりと覚えていて、弥之助に詳しく伝えていた。

「岩五郎さんに懸命に頭を捻ってもらいましてね。はっきりとは言い切れないが、似たような女が質屋の客の中にいた、ということになりました。お蔦《つた》さんという人でしてね。何でも亭主が碌に仕事をしない男で、家にはたまに思い出したようにわずかな銭を入れるだけだったらしい。しかもそれでやりくりするのが女房の務めだと言って憚らないような野郎だそうで」

「たまにいるな、そういう男が。うちの長屋に住んでいたら説教を食らわせて無理にでも働きに出させるのに」

吉兵衛が苦虫を嚙《か》み潰したような顔で言った。この大家は本当にそういう人で、お蔭で長屋にいる亭主連中はみな働き者だ。そうしないと店立てを食うのだから仕方がないのである。

「それで、暮らしに困ったお蔦さんは、こっそりと菊田屋を訪れては家財道具などを質入れしていたようなんですよ。ただ、お蔦さんが菊田屋に来た時は必ず茂左衛門さんが相手をしていましてね。それは隠居した後も続いていたそうなんです。どうも茂左衛門さんは、お蔦さんの質草は他の客とは別の帳簿に付けていたようでして。それで今回、岩五郎さんにそれを探してもらったところ、借用書も一緒に見つかったんです。どうやら茂左衛門さんは、質入れの時に渡すのとは別に、幾らかの金をお蔦さんに貸していたらしい」

「ふむ、なるほど、つながったな」

吉兵衛は忠次の顔を見た。もちろん忠次があの時「お金を……」という女の声を聞いたことは話してある。しかし、なぜそこで唐突に金の話が出てくるのかと、新七に比べると信用がないために吉兵衛は相手にしてくれなかった。聞き間違いだろうと思われたのだ。しかし弥之助のお蔭で忠次の面目は保たれた。ちょっと嬉しかった。

「……お蔦さんは茂左衛門さんの死の少し後に、やはり亡くなってしまいました。怠け者の亭主のせいで働き詰めだったので、その無理が祟ったようですね。卒中らしいのですが、働いている最中に急に倒れて、わずか二、三日で死んでしまったらしい。当然亭主……又蔵《またぞう》という男らしいのですが、この又蔵は碌に看病なんかしませんから、近所の家の、と言ってもちょっと離れていますが、そこの家のかみさんがたまに様子を見に行ったそうです。その際にお蔦さんは、お金を返さねばとか何とか唸っていたと聞きました。どうやらお蔦さんは、茂左衛門さんが死んだことは知らなかったようです。お蔦さんはきっとそのお金のことを気にして、あの家に出てきているのでしょう」

「ふむ、なんとも気の毒な話だね」

吉兵衛は、ふうっ、と大きく息を吐いて首を振った。それから忠次たちに目を向けて、ごそごそと体を動かしている銀太を見つけて「こらっ」と叱った。

「いいかい銀太、今回お前たちは夜中に子供だけで長屋を抜け出して、空き家とはいえ他人の家に勝手に入り込むという悪さをしでかした。これは大変にいけないことだ。三日くらい説教しただけじゃ足りない。まだまだ続けたいところだが……しかしお前たちのお蔭で、その家に現れる幽霊の正体が分かった。怪我の功名というやつだな。これで岩五郎さんも、たとえばそのお蔦さんの菩提を弔うなど、何らかの手を打つことを考えるだろう。だから、もちろんお前たちが悪いことをしたのには変わりはないが、そろそろ許してやろうかと少し思ったところなんだよ。それなのに……」

「すいません、大家さん。猫がうるさいものだから……」

「心構えがなっていないからだ。悪いことをした、もう二度としないと心から反省していれば、そんなことで気が散ったりしないものだ」

「申し訳ありません。もう動いたりしませんから、堪忍してください」

「そうか、それなら……」

吉兵衛は空を見上げた。すでに夕刻で、西の空が赤く染まっている。

「もうじきに暮れ六つの鐘が鳴るだろう。その時までお前たち四人が背筋を伸ばしてじっとしていることができれば、こうして塀際に並んで座らせるのは今日で終わりに……」

「痛ぇっ」

言っているそばから銀太が跳び上がった。さっきから銀太にちょっかいを出していた猫が、そのかかとに噛みついたのだ。

「……駄目だな。やはりしばらく続けよう」

呆れ顔で吉兵衛が呟いた。

吉兵衛の手前、声を出して文句を言うことはできないが、忠次と新七、留吉の三人は精いっぱい怖い顔をして銀太を睨みつけた。

五

すでに辺りは薄暗い。

長屋のそれぞれの部屋からは晩飯のいい匂いが漂ってきている。先に帰っていった年下の子供たちは、きっと腹を満たしていることだろう。

しかし忠次、銀太、新七、留吉の四人は、まだ長屋の端の板塀の前に座らされている。吉兵衛の許しがまだ下りないためだ。少し離れた所から吉兵衛と弥之助が見張っているので逃げ出すわけにも行かず、ただ前を向いてじっとしている。

さすがにちょっと可哀想かな、と思いつつ、弥之助はにやにやしながら四人を眺めた。晩飯については、あくまで少し食うのが遅くなるだけで、決して飯抜きの罰になっているわけではないから別にいい。弥之助が気の毒に思っているのは、さっきよりも猫が数を増していて、それがみんな四人の周りに集まってきていることだった。

どうやらこの長屋では、晩飯の後片付けをしてから残り物を餌として、この場所で猫に与えているらしい。だから昼間はそれぞれ好き勝手な所で過ごしている猫のすべてが今時分になるとここに集まってくるのだ。

実に十数匹もの猫が、早く何か食わせろと騒ぎながら四人の周りをうろつき、背中を引っ掻いたり袖口に噛みついたりしている。もちろん四人は叱られて罰を受けている最中だから動けない。まことに気の毒な、そしてどこか微笑ましい光景である。

——俺がいた頃はこんなじゃなかったのに。

弥之助が住んでいた二十数年前は、まだここには猫が棲みついておらず、溝猫長屋という呼ばれ方もされていなかった。さらに言うと、お多恵ちゃんの祠ができたのも弥之助が長屋を飛び出した後のことである。娘が殺され、長く病に臥せっていた亭主が亡くなってからもお多恵ちゃんの母親はしばらく一人でこの長屋に住んでいたが、やがて遠くに住む弟の元へと身を寄せていった。その際に、吉兵衛に頼んで作らせてもらったのがあの祠なのだ。お多恵ちゃんが死んでちょうど十年経った時のことだった。弥之助があちこちをふらふらしながら悪さをして回っていた頃だ。

それからもう十年ほどが過ぎてから弥之助は再びこの町に戻ってきたのだが、子供の頃と比べて色々と変わった長屋の様子を見て驚いたものだ。

――もっとも、なぜかこの人は同じなんだよなぁ。

弥之助は、隣に立って子供たちを睨みつけている吉兵衛の顔を盗み見た。

自分がここにいた頃から、すでにこの人は年寄りだったような気がする。もちろん今も年寄りだ。随分と長いこと爺さんをやっているものだと感心するが、果たして今の年は幾つなのだろう。怖くて訊けない。

――まぁ、矍鑠《かくしゃく》としているんだから幾つでも構わないが。

弥之助は目を子供たちへと戻した。

相変わらず猫たちが子供たちの周りを飛び回っている。白、黒、白黒、茶、茶白、三毛と、とにかく様々な毛色の猫が目まぐるしく入り乱れているので、弥之助にはもう、どれがどれやらまったく見分けがつかなくなっていた。

――そういえば、この猫たちの名を聞いたことがなかったな。

再びこの長屋に出入りするようになってだいぶ経つが、一匹としてその名前を知らない。そもそも、一匹一匹ちゃんと名付けられているかどうかも怪しい。

「……これだけ多いのだから、無理かもな」

弥之助は呟いた。かなり小さい声だったが、体も丈夫なら耳も達者な吉兵衛が鋭く聞きとがめた。

「何の話だね」

「ああ、いや、随分と猫がいますが、ちゃんと名前がついているのかな、と」

吉兵衛がにやりと笑った。心なしかさっきより目が輝いているような気がする。むやみやたらと可愛がるような真似はしないが、吉兵衛はこれほどの猫がいる長屋の大家なのだ。猫好きなのは疑いようがない。もしかすると面倒なことになるかもしれないと、弥之助は口に出したことを後悔した。

「もちろんすべての猫に名前はある。訊かれたことがなかったから今までは黙っていたが、いい機会だから教えておこう」

「いえ、結構です」

きっぱりと弥之助は断ったが、吉兵衛は構わずに言葉を続けた。

「遠慮するな。ちゃんと知っておいた方が、猫が可愛く感じるぞ。ええと、ここに猫が棲みつくようになった初めのうちは、長屋の住人がそれぞれ好きなように呼んでいたんだよ。だから一匹の猫に三つ四つの別々の名が付いていた。しかしそれでは猫が戸惑う。それに『酒』とか『鰻《うなぎ》』とか、珍妙な呼び方をする者もいるし、たまに風流な名を付けたと思ったら、馴染みの女郎の源氏名だったりする。さすがにそれではまずいと儂も思って、ある時長屋の大人たちを一堂に集め、猫の名を付けるための話し合いの席を持ったんだよ」

「はあ……」

どこでやったか知らないが、傍目《はため》にはちょっと怪しい集まりである。

「初めは長屋の子供たちに付けさせようと思ったんだが、互いに譲らずに喧嘩する子がでてくると困るからな。それではいけないと、すべて大人が決めるようになった。しかし仕事で忙しい者もいるので、考えるのに手間取るようなことがあってもいけない。そこで、それぞれの仕事にかかわる物の名を順番に猫に付けていくことになったんだ」

吉兵衛はすっと右手を上げて、子供たちの周りにいる猫たちを指さした。

「それからだいぶ経った今も、猫の名はそうやって付けられている。ええと、まずは銀太に登ろうとしている猫を見なさい。あの黒いのだ。あれは『羊羹《ようかん》』という」

「……そ、それは、猫の名前なのですか」

「言っただろう、仕事にかかわる物の名を付けると。うちの長屋の表店の、菓子屋の店主が付けたんだよ。新七の膝の上にいる、やはり黒くて、所々に粉をふいたような白い毛が混じっている猫。あれも同じ人が名付けたやつでね。『金鍔《きんつば》』だ」

羊羹に金鍔。随分と美味《おい》しそうな名前の猫である。

「次はあの白黒の猫だ。体の後ろの方が黒くて、前の方が白い。そして顔は黒いという変わった毛色の猫だが、あれは『蛇の目《じゃのめ》』だ。丸くなって寝ている時に前の方から見ると、蛇の目傘の模様に見えるんだよ。もちろんこれは傘を売っている店で働いている人が付けた。それから、立派な茶虎の猫がいるだろう。ここの親分猫なんだが、あれは銀太の父親によって名付けられた。『四方柾《しほうまさ》』という」

「なるほど」

銀太の父親の金五郎は将棋の盤や駒を作る職人だが、どうやら茶虎の猫の模様を木目に見立てたらしい。四方柾とは四面に柾目の切り口ができる形で木取りがされたものを言い、それで作られた将棋盤はなかなかの高級品である。

「ここまでは猫の毛色や模様に近い物で名付けられているが、他のは違うからちゃんと覚えるんだぞ。ええと、ちょうど今、忠次にちょっかいを出している三毛猫。あれは忠次の父親が名付けたやつで、『釣瓶《つるべ》』というんだ」

井戸の水を汲む時に使う桶だ。確かに忠次の父親は桶職人だが……。

「随分と変わった名前ですねぇ」

「今さら何を言っているんだ。それに、これでも色々と考えた中から一番いいやつを選んだんだよ。他だと、たとえば『飯櫃《めしびつ》』『寿司桶』『漬物桶』『飼葉桶《かいば》』……」

確かに「釣瓶」が一番まともそうである。

「新七の父親が名付けたのもいたな。あの白茶の猫だ。あれは『弓張《ゆみはり》』だな。留吉の父親が付けたのはあっちの真っ白いやつで、『菜種《なたね》』というんだよ」

それぞれ提灯屋、油屋が家業である。

「それで、と。その留吉の袖口をがりがり囓《かじ》っているのが、『しっぽく』で、それを横から眺めているやつが『花巻《はなまき》』だ。さらにそいつを後ろから見ているのが『あられ』だな」

「それは……蕎麦《そば》屋のお品書きでは」

「うちの長屋に蕎麦打ち名人が住んでいるんだよ。職人気質《かたぎ》で頑固だから店主や客と喧嘩をして店を追い出されるんだが、腕がいいからすぐにまた働き口が見つかる。そうして江戸中の蕎麦屋を転々と渡り歩いているという人だ。それから……おっ、追いかけっこをしている二匹の白黒斑《まだら》の猫がいるだろう。追いかけられているのは『筮竹《ぜいちく》』だな。もう引っ越してしまったが、前に八卦見《はっけみ》が住んでいたんだよ。それを後ろから追いかけているのは『柿《こけら》』。これは柿葺きの屋根職人によって名付けられた」

「……しかし、本当にどれも猫らしくない名だ」

「惜しいのはいるよ。やはり銀太の父親が名付けたやつで……、ああ、あの黒くて、なぜか眉毛の所だけ白い猫だ。あれは『玉《ぎょく》』というんだよ。将棋の駒から来ているから『たま』じゃなくて『ぎょく』だ。『たま』だったら猫らしかったんだがな。それと、猫の名に相応《ふさわ》しいんだかそうじゃないんだか、どちらとも言えないやつがいる。新七の尻の辺りをがりがりと引っ掻いている茶色い猫だが、あれは『石見《いわみ》』というんだ。本当は『石見銀山』と付けたかったようだが、長いから短くしてもらった。もちろんこれは、石見銀山を売り歩く仕事をしている人が付けた名だ」

「ははぁ……」

石見銀山といえば鼠取りの薬である。鼠がいなくなるのだから、猫の名に相応しいと言えるかもしれない。しかしそれゆえに、この薬は「猫いらず」とも呼ばれている。猫なのに猫いらず。これは駄目だろう。

「残りは二匹だ。あの黒茶の斑の猫は『手斧《ちょうな》』。表店に住んでいる大工の棟梁《とうりょう》が付けた。ちょっと見てくれは悪いが、この長屋でもっとも人懐っこい雌猫だから可愛がってやってくれ。そして最後は『柄杓《ひしゃく》』だ。どこにいるのかと思ったら忠次の背中に張り付いていたようだな。今、肩口から顔を覗かせている白いやつだ。檜物《ひもの》職人が名付けた。これでうちにいる十六匹の猫の名をすべて教えた。どうだ、ちゃんと覚えられたか」

「はあ……なんとか」

羊羹、金鍔、蛇の目、四方柾、釣瓶、弓張、菜種、しっぽく、花巻、あられ、笹竹、柿、玉、石見、手斧、柄杓。とても猫の名とは思えないものばかりだが、そのためにかえって覚えやすいかもしれない。それに、自分の仕事にかかわるものだから、名付けた人はその猫に愛着が湧くだろう。案外といい名前なのかもしれない。

——だが、そうなるとちょっと気の毒なのは……。

猫たちからは離れ、掃き溜めの中へ顔を突っ込んで食い物を漁っている、この長屋にただ一匹だけいる犬へと弥之助は顔を向けた。こいつだけは野良犬だから野良太郎という、何の工夫もない名で呼ばれている。不憫《ふびん》だ。

猫の方は大家さんに任せて、ここに来た時はなるべく野良太郎のやつを可愛がってやるかな、と弥之助は思った。

「よし。お前たち、今日はもう帰っていいぞ」

猫の話をして機嫌がよくなったのか、吉兵衛が朗らかな声で子供たちに告げた。待ってましたとばかりに四人が一斉に立ち上がり、びっくりした十六匹が一斉に辺りに散った。

「ただし、明日も座ってもらうからな。子供だけで夜中に町をふらついた罰だ。三日くらいで許すわけにはいかん」

ふえぇ、と情けない声を出して、四人の子供はがっくりと肩を落とした。その姿のまま足を引きずるように歩いて、それぞれの家に帰っていった。

「……さて、それでは私も帰ります。腹が減りましたからね」

子供たちを見送った後で弥之助が告げると、吉兵衛は「ちょっと待った」と呼び止めた。

「お前に訊いておきたいことがあったんだ」

木戸口の方へ歩きかけていた弥之助は立ち止まり、吉兵衛を振り返った。

「何ですかい」

「ここまでにあの子たちは、三回ほど幽霊に出遭っている。一度目は栄三郎の幽霊で、その時は忠次が『見る』、留吉が『聞く』、新七が『嗅ぐ』だった。二度目の墓場ではこれが、留吉が『見る』、新七が『聞く』、忠次が『嗅ぐ』に替わった。そして三度目の菊田屋さんの隣の空き家では、新七が『見る』、忠次が『聞く』、留吉が『嗅ぐ』になった。三人だけだとしたらこれで一回りしたわけだが……、あの子たちは四人なんだよ。どうして銀太だけには何も起こらないのだろうか」

「そのことですか……」

弥之助は目を吉兵衛の顔からお多恵ちゃんの祠へと移した。黒茶の斑の猫が供えられている水をぴちゃぴちゃと舐めている。あれは確か、大工の棟梁が名付けた「手斧」だ。

吉兵衛へと目を戻し、弥之助は力なく首を振った。

「……それは私も不思議に思っていましたが……とても答えようがありませんよ。お多恵ちゃんがどう考えているのかなんて誰にも分かりっこないんだから」

「銀太が小さい頃にあの祠に小便を引っかけたからだ、と子供たちは考えているようだが」

「とりあえず次にどうなるか様子を見ましょう。もし他の子たちが元の順番に戻るだけで、やっぱり銀太には何も起こらないようだったら……その時は連中の言うように、小便をかけたからということでいいんじゃありませんかね」

「ううむ……そうだな。そういうことにしよう」

吉兵衛はあっさり同意した。結局は考えても分からないことだからだろう。多少怪しい理屈でも、納得できればそれでいいのだ。

「……それと、もう一つ訊ねておきたいことがある。お前はこの前、あまりあの子たちのことを厳しく叱りすぎないようにと儂のところへ告げに来ただろう。栄三郎の件が続いているから、というようなことを言って」

「ああ、あれですか」

子供たちが川辺で会った磯六という男が栄三郎の父親の徳平と同じ仕事場で働いていたことから、初めの二つの件はつながっているのではないか、と弥之助が考えたことである。それを手習師匠の古宮蓮十郎に告げた後で、吉兵衛の元も訪れて同じことを伝えていた。

「お前の考えが正しければ、今回の件も栄三郎と何らかのつながりがあるはずだ。しかしさっき子供たちを叱っていた時にしたお前の話の中には、その辺りのことは出てこなかった。どうなんだね、何か他に分かったことはなかったのかい」

「いや、それが……」弥之助はまた力なく首を振った。「栄三郎の父親の徳平さんと磯六さんは知り合いでした。そして、磯六さんは菊田屋さんの客でもある。だから最初の栄三郎の件と三番目の菊田屋さんの件は磯六さんを通じてつながってはいます。しかし、岩五郎さんや亡くなった茂左衛門さん、それからお紺ちゃんなど、菊田屋さんの人間の中に栄三郎や徳平さんを知っている者はいませんでした。もちろん徳平さんにも聞きに行きましたが、菊田屋さんを訪れたことはないと言っていましたよ。それから、幽霊として出てきたお蔦さんという女のことも徳平さんは知らないそうです」

「つまり、栄三郎の件が続いているというお前の考えは間違っていたわけだな」

「そういうことになりますかねぇ……」

吉兵衛の言う通りである。最初の栄三郎の件と三番目の菊田屋の件には、直にはつながりがないのだ。しかし……。

――何かあるような気がするんだよな。

目明しとしての勘である。多分まだ見落としている何かが、きっとあるのだ。

「ああ、確か腹を空かしていたんだったな。呼び止めて済まなかった」

吉兵衛が軽く頭を下げて詫びた。それから、もう行けという風に手を振った。

「もう帰っていいよ。早く腹ごしらえがしたいだろうから」

「いや、そのつもりでしたが、考えが変わりました」

弥之助は首を振った。先ほどまでとは違い、今度のには力が籠っている。

「どうやら私の調べが甘かったようです。これから菊田屋さんや徳平さんの所へ行って、もっと詳しく話を聞いてきますよ」

弥之助は、お多恵ちゃんの祠の方をちらりと見た。それは一瞬のことで、すぐに吉兵衛へと目を戻してぺこりと頭を下げる。それから振り返り、長屋の木戸口へと向けて力強い一歩を踏み出した。

栄三郎殺しの始末

一

「おいらの草履どこ行ったんだよ」

「痛ぇ、羊羹に引っ掻かれた」

「俺のはここに隠しておいたんだけどな」

「うわっ、野良太郎の糞を裸足で踏んじゃったよ」

溝猫長屋は大騒ぎだ。手習から帰ってきた子供たちが、長屋で「草履隠し」という遊びを始めてしまったためである。

これは鬼を一人決めて他の者が自分の草履を隠し、それを鬼が探し出すという、ただそれだけの遊びだ。他所の長屋の子供たちもやっている珍しくもない遊びだし、何か特別な道具を必要とするわけでもない。もちろん危ないことだって何一つない。しかしこの溝猫長屋では、大家の吉兵衛によって「木に登るな」「川辺に遊びに行くな」などと並んで「子供がしてはいけないこと」の一つに挙げられている禁じられた遊びなのだ。

なぜなら、この長屋にいる犬猫たちが勝手に加わってしまうからである。とりわけ野良犬の野良太郎が俺様の出番とばかりに嬉々として走り回る。元々この野良太郎は人間の履物が好きで、戸を開けっ放しにしておくと入り込み、咥《くわ》えてどこかへ持っていってしまうということがよくあった。それで大家の吉兵衛や他の住人たちが叱って、駄目だと教え込んだのである。だからいつもは大人しくしているのだが、子供たちが草履隠しを始めると「お、今日はいいんだな」と思うらしい。隠された草履を鬼より先に探し出し、さらには隠しているわけじゃない戸口に置かれた履物までも咥えて、自分がねぐらにしている床下や長屋の建物の裏側、あるいは奥の「お多恵ちゃんの祠」の辺りへと積み上げていく。

そこで今度は猫たちの出番だ。こちらは犬と違って走り回ることはなく、いつも通り祠の周りでごろごろしている。季節は初夏になり、だいぶ暖かくなってはいるが、それでも地べたはまだ冷たくて嫌なようだ。だからそこへ野良太郎が草履を置いていくと、「お、ちょうどいい敷物が来た」と思うらしい。子供たちの草履の上へ、でんと香箱座《こうばこずわ》りをする。当然子供たちは取り返そうとするのだが、一応は長屋で飼われているとはいえ半分野良みたいな猫たちだから気性が荒いやつも多く、手を出すと引っ搔かれるのである。

野良太郎に履物を持っていかれてしまう大人たちのみならず、当の子供たちまでもが面倒なことになってしまうこの遊び、しかも吉兵衛から禁じられているのだからやらなければいいのだが、駄目と言われるとやりたくなるのが子供というものらしい。大家さんが所用で長屋を留守にしているので、久しぶりにやってみるかと始めてみた結果が、今の大騒ぎである。

「なあ野良太郎、おいらのはともかく弟の草履は返してくれよ。後で母ちゃんに叱られる」

「あっちで四方柾のやつに敷物にされているのが寅三郎のじゃないかな」

「ああ留ちゃん、とりあえず捨吉のは取り返しておいたよ」

「ありがとう。お礼においらの足の臭いを嗅がせてあげようか。凄いから」

すでに鬼が誰であるかとかはどうでもよくなっていて、みんなで草履を探し回っている。忠次、銀太、新七、留吉の四人の他に、忠次や留吉の弟なども加わっているので、せめて年少の子供たちの草履だけは見つけなければと躍起《やっき》になっているところだ。

ちなみに女の子たちはこの遊びに加わらず、祠の近くで人形遊びなどをしながら、犬や猫と対等に張り合っている男の子たちをたまに冷たい目で眺めている。

「おいらたちのは後回しにするとして、大家さんの下駄を探さなきゃ。さっき野良太郎が咥えているのを見たんだ。帰ってくる前に戻さないと、また叱られるぞ」

親分猫の四方柾から弟の草履を取り返した忠次が、引っ掻かれた手の甲をさすりながら辺りをきょろきょろ見回した。長屋の裏手の、建物と板塀の間の狭い隙間に入っていく野良太郎の後ろ姿が目に入る。

どうやら向こうに隠し場所があるらしい。大家さんの下駄だけでなく、まだ見つかっていない自分や留吉の草履もそこにあるに違いないと、幾分ほっとしながら忠次は足を踏み出した。

ところが忠次は、わずか二、三歩進んだだけでその足を止めることになった。

「お前たち、また草履隠しをして遊んだのか。駄目だと言っておいただろうがっ」

所用で出かけていた吉兵衛が帰ってきたのである。

「お、大家さん。もっと遅くなると思ってたのに……早すぎる」

「いつ帰ってこようと儂の勝手だよ。それよりお前たち、ちょっとそこに並びなさい。ああ、寅三郎は来なくていいよ。それに他の子供たちもな。並ぶのは一番年上の四人だ」

年下の子供たちはほっとした表情を浮かべながら散っていった。祠のそばで人形遊びをしていた女の子たちも、吉兵衛の剣幕に恐れをなしたのか、あるいは忠次たちが叱られている横で遊ぶのも気が引けるためか分からないが離れていった。後には四人の子供たちと吉兵衛、それと人間たちの様子などどこ吹く風という顔でごろごろしている猫たちだけが残った。

忠次と銀太、新七、留吉が言われたように吉兵衛の前に並ぶ。

「それから野良太郎、お前もこっちに来なさい」

吉兵衛が怒っているのが分かっているらしく、すごすごとした様子で野良太郎が建物の陰から出てきた。自由奔放に生きている野良犬ではあるが、いつもここをねぐらにしているので、長屋で一番偉い大家の言うことはよく聞くのだ。

ついこの間、質屋の菊田屋の隣の空き家に忍び込んだ件で叱られた時のように、四人の子供たちは板塀の前に正座させられた。今回は一番端に野良太郎もお座りしている。

「お前たちの履物がなくなるだけならまだしも、まったくかかわりがない者の履物までどこかへ行ってしまうんだよ。人様に迷惑がかかる遊びをしてはいけない。それに野良太郎も、履物を咥えて持っていくのはやめろと、何度も教えてきただろう。一度や二度の過ちなら儂もそううるさくは言わないよ。しかし同じ過ちを繰り返すのは愚か者のすることだ」

「はい、申し訳ありません」

忠次は首を竦めた。そうしながら横を見ると、項垂れている留吉、新七、銀太の向こうで、やはり首を垂れている野良太郎の姿が目に入った。他の誰よりもしおらしげな野良太郎の様子に思わず吹き出しそうになり、忠次は慌てて吉兵衛へと目を戻した。

にやにやしながら長屋の路地を歩いてくる弥之助親分の姿が、吉兵衛の背後に見えた。

「ああ、なんだ。見慣れない子がいると思ったら野良太郎か」

そんなことは遠目でも分かるはずなのに、弥之助はわざとらしく驚いたような表情を作った。

それから吉兵衛へと顔を向ける。

「さすがに犬と並んで叱られては、この子たちも恥ずかしいでしょう。懲りたと思いますから、今日のところは勘弁してやったらどうですか」

「まだ幾らも叱っていないよ。それに恥ずかしいことなんてあるものか。周りにいるのは猫だけなんだから」

しかも、まったくこちらを気にする素振りすらない。どの猫も何食わぬ顔で寝ている。

「まあそうおっしゃらずに。ちょっと大家さんに話があって来たんですよ。大事なことですので外ではなく、お宅の中で話をしたいんです。だからこの子たちのことは、これで見逃してやってくれませんか」

「しかし……」

吉兵衛は渋っている。せっかく助け船が現れたのに、この機会を逃したらまずいと考えたらしき銀太が、長屋の裏側の方を指さして野良太郎の背中を叩いた。頭のいいこの犬は銀太が言わんとしていることが分かったようで、立ち上がるとそちらへと走っていった。

野良太郎はすぐに吉兵衛の下駄を咥えて戻ってきた。それを吉兵衛の足下に置き、まだどこかむっとした様子の老人の顔を見上げながら尾を振った。

「ほら、野良太郎も許してくれと言っているみたいですし」

弥之助が犬を見ながら言う。吉兵衛は、ううむ、と唸りながら下駄を拾い上げた。

「ちょっと叱ったくらいで、この子たちが懲りるわけないことはお前だって分かっているだろうに……。まあ、話があると言うのなら仕方がない。儂の家へ行こう」

吉兵衛は溜息を吐きながら長屋の路地を表店の方へ向かって歩いていった。弥之助が、お前たちもう立ち上がっていいぞ、という風に子供たちに手を振って示し、それから吉兵衛の後をついていった。四人の子供たちはその後ろ姿に深々とお辞儀をした。

「……ふう、助かったな」

膝に付いた土埃をはたきながら新七が呟いた。忠次は頷く。

「うん。弥之助親分はそれほどおっかない人じゃないみたいだよね。泣く子も黙る、なんて言われているけど」

忠次と新七が笑っていると、横から銀太が口を出した。

「いや、実はおいら、見たことがあるんだよ。弥之助親分が泣く子を黙らせるところ」

「本当に？」

「うん。少し前だけど、道を歩いていたら三つか四つくらいの小さい子が泣いていてさ。そこへ向こうから弥之助親分がやって来たんだよ。その子を見つけた親分は慌てて近づいていって、周りで跳びはねたり変な顔をしたり、とにかく手を替え品を替えいろいろやって宥めすかしたんだ。それでも泣き止まないもんだから、近くを通りかかった飴《あめ》売りを呼び止めて買ってやったんだよ」

甘いものをもらえて、その子は喜んだに違いない。それに泣きながら飴を舐めるのはちょっと苦しい。

「それは……確かに泣く子も黙るな」

一応は言われている通りの親分だな、と呆れ顔になりながら、忠次は先ほど野良太郎が吉兵衛の下駄を持ってきた、長屋の建物の裏側を覗きに行った。ちょっと見回しただけでは見つからなかったが、床下を覗き込むとそこに忠次の草履が転がっていた。

祠の前に戻ると、他の三人もすでに猫の下から草履を取り戻していて、井戸端で足を洗っていた。野良太郎の糞を踏んだ留吉は特に熱心だ。それもそのはず、三人の後ろにはいつの間にか現れた若い娘が仁王立ちしており、ちゃんと丁寧に洗っているかどうか、怖い顔で見張っていたのだ。

「……あれ、お紺ちゃんだ」

質屋の菊田屋の箱入り娘である。もっとも、そう言っているのは本人だけだ。現にこうして今日も箱から勝手に出てきてしまっている。

「ほら、あんたもさっさと足を洗いなさい。これから他所のお宅へお邪魔するんだから」

「どういうこと?」

忠次は銀太たちの横に並び、水で足の汚れを流しながら訊ねた。

「うちの隣に出る幽霊の女の人の家を訪ねるのよ。お祖父ちゃんが残した品の中から借用書が出てきたの。きっとそれを気にして幽霊になっているんだと思うから、その借用書を仏前に置いて、もうお金のことは気にしなくていいからと伝えに行くのよ」

お紺はひらひらと手にしている紙を振りながら答えた。忠次が声だけを聞いた、お蔦という女がお紺の祖父から金を借りる時に残したもののようだ。

「本当はお父つぁんが行くことになっているんだけど、いろいろと忙しいみたいなのよ。今日もこの後、来客があるから店にいないといけないって言っていたし。いつまでももたもたしていたらお蔦さんに悪いから、あたしが持っていくことにしたの」

「ふうん」

忠次は頷いた。確かに早い方がいいと思う。しかし……。

「どうしておいらたちまで行かなけりゃならないの?」

「あんたたちだって十分にかかわっているんだから、最後まで見届けないと駄目よ。毒を食らわば皿までって言うでしょう」

「……はあ」

そんなものなのかと首を傾げながら忠次は他の三人へと顔を向けた。

手習から帰った時に吉兵衛が出かけていったのを見て、今日は長屋で草履隠しをして遊ぼうと言い出したのは忠次である。忠次と新七、留吉で「見る」「嗅ぐ」「聞く」が一巡したので、次に何かあるとしたら再び幽霊を見る番に戻るかもしれない。不用意に外を出歩いて、自分から危ない目に近づくことはあるまいと考えたからだ。

こいつは間違いなく行く気になっているだろうな、と思いながらまず銀太の顔を見た。幽霊に関して一人だけ蚊帳《かや》の外に追い出されているこの少年は、近頃ではわざわざ幽霊を探してふらふらと町を彷徨っているのである。

思った通り、銀太の頰は緩んでいた。機嫌の良さそうな様子だった。それならと忠次は次に新七を見た。銀太と違ってそれほど考えが表情に出ない少年だが、それでも行くつもりになっているように思える。

「新ちゃん、行くことはないんじゃないかな。もしかしたら何かあるかもしれないし……その、お化けのことだけど」

「幽霊目がけてこっちから突っ込んでいくような真似をすることは馬鹿らしいと思う。でも、いつ出るか分からない幽霊を恐れて縮こまって生きるのはもっと馬鹿らしいよね。常に堂々としていなくちゃ」

「新ちゃんは男だねぇ……だけど留ちゃんは無理だよね」

そう言いながら、忠次は最後に留吉を見た。弟妹たちの面倒を見なければならないから、この少年だけはきっと行くまいと思ったのだ。

「……いや、おいらも行くよ」

「ええっ、どうしたの急に」

「いつもおいらだけ残るのも悪いからね。お化けを恐れてここに留まっているように思われるのも癪だし」

「いや、誰もそんなことは思わないよ。この前だって夜中に一緒に抜け出したし。それに留ちゃんがいつも弟や妹の面倒を見ているのは長屋のみんなが知っているんだからさ……そうだ、その連中を見ていなければ叱られるんじゃないの」

「弟や妹はさっき家に戻ったみたいだから。きっと今頃はお父つぁんやおっ母さんに『兄ちゃんはまた大家さんに叱られている』って告げ口していると思うんだ。それなら平気だ」

「なるほど。多分、今日はこれからずっと叱られ通しだと考えるだろうからね」

さすがにその間は弟妹を見張ってなくても文句は言われない。もちろん吉兵衛に説教を受けたことで、家に帰ってからまた親に怒られることになるだろうが。

今すぐに家に戻れば、いやおいらは大家さんから叱られていませんよ、という顔ができるかもしれないのに、わざわざ銀太たちに付き合うつもりらしい。

「……留ちゃんも男だねぇ」

感心する振りをしながら、忠次は心の中で舌打ちをした。ここまで来たら多分もう銀太は幽霊に遭わないだろう。新七は、もし元の順番に戻るのなら次は「嗅ぐ」だ。留吉は「聞く」ことになる。そして自分は「見る」番なのだ。だからしばらくは様子見で大人しくしているつもりだった。しかし、おいらは長屋に残るよ、と言い出しにくくなってしまった。

「それじゃお紺ちゃん、早く行こうよ」

銀太が言い、長屋の路地を足早に歩いていった。お紺と新七が続く。留吉はすぐには動かず、まず自分の足をつかんで鼻先に持っていった。そして、首を傾げながら先に行った三人を追いかけていった。

何事もなければいいが、と思いながら忠次ものろのろと動き出した。

二

「まったく、儂も長く家主稼業を続けているが、あんな子供たちは本当に初めてだよ」

吉兵衛は嘆くように言った。

溝猫長屋の表店にある吉兵衛の住まいである。元々は大家をやる傍らで商売もしていたのだが、十年ほど前に店を閉めてしまった。ある程度の蓄えはあるし、倅が別の場所で商売をしていてまずまずうまくいっているので、のんびりとした暮らしをしている。

吉兵衛の日々の楽しみと言えば、長屋にいる子供たちの成長を見守ることだ。それは今いる子に限らず、すでに奉公に出たり職人の修業をしたりしている者も含まれている。だから、遠くに行ってしまったのならともかく、近場で働いている子の様子はたまにこっそりと見に行っていた。

溝猫長屋の子供たちはみな真面目に、そして熱心に仕事に励んでいるようだ。雇い主の店主や親方に話を聞くと、とてもいい子だと褒めてくれる。そんな時、吉兵衛はその子が育った長屋の大家としてとても誇らしい気分になる。しかしそれよりも、大きな病や怪我がなく、みな達者でやっていることが嬉しい。

すべてとは言わないが、そういうことのうちの幾らかはあの「お多恵ちゃんの祠」のお蔭なのだろうと吉兵衛は思っている。だから雨の日も風の日も、毎朝あの祠に手を合わせてお多恵ちゃんに感謝している。

「だが、今年の子供たちときたら……まったく」

天井を見上げて、はあぁ、と溜息を吐いた。それから吉兵衛は弥之助の方を向き、そこでようやくこの岡っ引きが、部屋に入ってからもまだ突っ立ったままであることに気づいた。

「……座ったらどうだね」

弥之助は風を入れるために開け放った障子戸の陰に隠れるようにして表に目を向けていた。何かを見張っているような気配があった。そこからだと板塀の隙間から通りが見える。

「どうかしたのかね」

弥之助が障子戸に隠れるようにすっと体を引いたので、吉兵衛は小声で訊ねた。

「いえね」

弥之助も声を潜めて答える。目は表を見たままだ。

「さっきこの長屋に入ろうとしたら、お紺ちゃんが様子を窺っているのが見えましてね。それで大家さんの叱言を途中で止めて、ここへ入らせてもらったんです。案の定、子供たちを引き連れて出ていきましたよ」

「おいおい、お紺ちゃんってのは菊田屋の娘かい。それはちょっとまずいな」

吉兵衛は慌てて立ち上がり、弥之助の横に並んだ。もう角を曲がって行ってしまったようで、すでに子供たちの姿は影も形もなかった。

「あまりいい評判は聞かない娘だ。うちの長屋の子がそんな娘の尻にくっついていって、何かあったら……」

「いやぁ、大家さんが心配するようなことはないと思いますよ。若い身空で男漁りをするとか、派手な簪などを欲しがって盗みを働くとか、そういう悪さは一切しない娘ですから。ただ何か面白いこと、あるいは変わったことはないかと、稽古事を抜け出してふらふらする癖があるだけで」

「ああ、それなら安心……できるわけないだろうがっ」

今のあの子たちは幽霊を感じる力を持っている。お紺のような娘にしてみれば、これほど面白いことはないだろう。

「まさか、その手の噂のある場所に連れていったんじゃないだろうね。また他所様の家に勝手に上がり込みでもしたら困るよ」

「どうですかね。お紺ちゃんは手に紙を持っていたから、違うと思いますよ。何かの証文のようなものでしたので……」

「いや、幽霊の出る場所を示した紙かもしれん」

「考えすぎですって」

弥之助は障子戸のそばを離れて腰を下ろした。しばらくの間、吉兵衛は心配げに表を眺めていたが、やがて、ちっ、と舌打ちをしてから弥之助の前に座った。不機嫌な顔で相手を睨みつける。

「つまり、お前がさっき大事な話があると言ったのは嘘なんだな。儂が子供たちを叱っていてお紺ちゃんが入りづらそうにしていたから、それで儂を遠ざけたんだ。お前もお紺ちゃんと一緒だよ。何か面白そうなことになりそうだからそうしたんだろう」

これまでに三回、あの長屋の子供たちは幽霊に出遭っているが、弥之助はそれらがつながっているのではないか、と考えているようだった。ところがどうもうまくいかないので、新たな動きを求めたに違いない。

「それで子供たちに何かあったらどうするつもりだね。根太や床板が腐った空き家に忍び込むかもしれない。あるいは水辺に近づいて溺れてしまうとか。男の子なのだからちょっとくらいの怪我ならむしろ歓迎だが、万が一にも命にかかわるようなことがあっては大変だよ。もしそんなことになったら、儂はお前を許さない。年寄りだからって甘く見ては駄目だ。もういつあの世からお迎えが来ても構わないんだから、お前と刺し違えるくらいのことはさせてもらう。それで返り討ちにあったら、取り憑いて末代まで祟ってやるから覚えておきなさい」

「……お化けよりよっぽど怖いや」

「うん？」

「ああ、いや……承知しました。なに、ご心配には及びません。念のために見張りと言うか、子供たちをこっそりつけている人がいましてね。もし危なくなったらその人が出ていきますから」

「ふん、どうせ役立たずの手下どもだろう」

岡っ引きの親分である弥之助の下には、何か調べる際に使う下っ引きが数人いる。弥之助の家業である煙草屋にいる奉公人などがそうだが、吉兵衛が見たところ、とても働きの良さそうな人間には思えなかった。

「いやぁ、今回はうちの連中じゃなくて、もっと頼りになる御仁にお願いしておりますので、本当に何の心配もありません。それと、大事とは言えないまでも、お話があって伺ったのは確かでして。長屋の子供たちが出遭った幽霊やその周りの人間について調べ直そうと思って、今日は朝からあちこちを歩きましてね。まず、お蔦さんの亭主のことを聞いて回りました」

「ふむ。確か又蔵という名の男だったな。働きが悪いので生前のお蔦さんは苦労したようだと言っていたが」

「はい。しかし仕事をしないだけならまだましかもしれません。又蔵は、どうも気に食わないことがあるとお蔦さんに手を上げていたような節がある。だからお蔦さんは何も言えず、家財道具などを質に入れたのも亭主には内緒だったんです」

「碌な男じゃないな」

「ところが、どうやらそれが又蔵にばれたようなんです。夫婦が住んでいたのは、ここから目黒のお不動様に行く途中にある、瑞聖寺《ずいしょうじ》のちょっと先です。野中の一軒家というほどではありませんが、すぐ向こうは畑が広がっているという場所にぽつんと建っておりましてね。だから又蔵がどんなに暴れても周りには聞こえないんだが、その日たまたま夫婦の家の前を通りかかったという人を見つけましてね。又蔵の怒鳴り声を耳にしたそうです。相当怒っていたようですね。お蔦さんが倒れたのはその翌日だそうで。働いている最中に突然倒れたので卒中ということになっていますが……」

「又蔵に突き飛ばされた拍子に頭を打つなどしていて、それが後になってでてきた、ということかね」

「どうでしょう。その辺りは、はっきりしたことは言えません。分かっているのは、亭主の又蔵はたいして仕事もしない癖に、家の物を質屋に持っていかれるのをひどく嫌がっていた、ということでしょうかね。どうです、かなり興味深い話でしょう」

吉兵衛は首を傾げた。

「別にそこはどうでもいいんじゃないのかね。たいした能もない癖に他所様からはよく見られたいと思っている馬鹿な男はどこにでも転がっている。その又蔵も変な誇りを持っていたんだろうよ。それより、どうもお蔦さんの死は又蔵のせいのような気がする。今から又蔵をとっ捕まえることはできないのかい」

「さすがにお蔦さんの件では無理です。だからとりあえず又蔵のことはそこまでにして、次に私は徳平さんを訪ねました」

「忙しいな」

子供たちが最初に出遭った幽霊は栄三郎という少年だったが、徳平とはその栄三郎の父親である。版木彫りの職人だったが、栄三郎の死をきっかけに酒浸りになり、それが元で働いていた仕事場を追い出されたという話だった。

「そうしたら、磯六さんが徳平さんの家におりましてね。子供たちが川辺で会った、あの磯六さんです。この男も徳平さんと同じ所で働いていて、やはり追い出されているんですが、二人で謝りに行ってまた働かせてもらおう、という相談をしていたんですよ」

「ほう」

それはいい話だ。親方と喧嘩して仕事場を出たらしい磯六はともかくとして、徳平の方の事情は間違いなく気の毒である。これで立ち直ってくれれば、と吉兵衛は心から思った。

「それで栄三郎が殺された時の話を改めて徳平さんに訊ねたんですがね、盗人の野郎、子供を殺しちまってあたふたと逃げたわけじゃなく、銭やらおかみさんの形見の櫛《くし》やらをきっちりと盗んでいっているんですよ。どうです、なかなか落ち着いているでしょう。たいしたものだ」

「たとえ冗談や皮肉でも、そんな野郎のことを褒めるんじゃないよ」

吉兵衛は怖い顔をした。しかし弥之助は吉兵衛からそう言われるのが分かっていたと見えて、何食わぬ顔で言葉を続ける。

「もしかしたらそれまでにも似たようなことをしているんじゃないかと、他の土地の御用聞きや世話になっている八丁堀の旦那に訊ねてみたんですがね。どうも同じような手口で忍び込んでいた盗人が、かつていたみたいでして。もちろん空き巣狙いですから進んで人を殺《あや》めるようなことはしませんが、もし見つかったら躊躇《ちゅうちょ》なく相手の口を封じていたようだ。その後のやり方も同じでしてね。恐らく逃げるための間を作るためだろうが、必ず死体をどこかに隠していくんですよ。どうです、なかなか腹の立つ野郎でしょう」

「そんな人間を野放しにしておくんじゃないよ。まったくお前たち岡っ引きは、あくどい真似をして銭をせしめることには一生懸命で、肝心の役目はまともにできやしない」

「いやぁ、その盗人は、私が先代から引き継いでからのここ数年は大人しくしているらしくて」

確かに栄三郎が殺された事件は弥之助がこの土地の岡っ引きとして働くようになる前に起こったことである。だが、だからといっていいということはない。

「そんなことは言い訳に過ぎない。そういう輩が今も大手《おおで》を振って町を歩いているのは事実なんだ。お前もお上から御用を仰せつかっている人間なら、それを恥と思わなければ駄目だ。こんな所で油を売ってないで、さっさと町に出てそいつを捕まえたらどうなんだ」

「そうしたいのは山々なんですが、残念ながら相手が誰だか分かりませんのでね。それにこの後、菊田屋さんを訪れるつもりでして。徳平さんも来ることになっておりまして、ちょうど七つに約束したから、そろそろ出かけないと」

弥之助が素早く立ち上がった。吉兵衛も手を突いて腰を浮かせる。

「あぁ大家さん、見送りは結構でございますよ。どうぞそのままで」

「そうじゃない。儂も行くんだよ」

吉兵衛は立ち上がって腰を伸ばした。弥之助が目を丸くしている。

「大家さんがわざわざいらっしゃることはありませんよ。別に何か質入れをしようというわけでもないでしょうし」

「それを言ったら徳平さんだって同じだ。磯六さんは菊田屋の客だったが徳平さんはそうじゃないんだから。それともなにかい、徳平さんは何かを質入れするために菊田屋を訪れるのかい。たとえば酒を断つために徳利を持っていくとか。そうだとしたら見上げたものだ。その心意気に免じて儂も引き下がってやるが」

弥之助は困った顔になった。口うるさい老人には来てほしくないという様子がありありと見て取れる。

「いえ、違いますが……」

「それなら儂が行ってはいけないという理屈はない」

「もちろんそうです。しかし徳平さんにはちょっとした用がございましてね。でも大家さんは、行ったところで特にすることがありませんでしょう」

「お前の見張りだよ。岡っ引きが質屋に顔を出すと碌なことをしないんだから」

質屋や古着屋、古道具屋など古物を取り扱う、いわゆる八品商と言われる店は岡っ引きと関わりが深い。盗品が流れるかもしれないからである。どこかで盗みがあったら、それらの店にもお触れが行くのだ。

もし盗品を買ってしまったら、店の主は当然、町奉行所へ呼び出されることになる。これを「引き合い」と言うが、これが大変なのである。その間は仕事ができないのも困るが、奉行所へは名主など町役人が付き添わねばならないのがかなり面倒だ。迷惑をかけるわけだから、その後でそれなりの料理屋などに連れていって接待しなければならない。

だから店の者は岡っ引きに金を渡して、盗品を買ったというそれ自体をなかったことにしてもらう。これを「引き合いを抜く」と言うが、そこまでは店側と岡っ引き側のお互いに利があることだから吉兵衛も仕方ないと考えている。

腹立たしいのは、そういう事実はないのにわざと引き合いを付けて金をせしめようとする悪い岡っ引きがいることだ。

「……いやぁ、大家さん。私は滅多にそういうことはしませんよ」

「つまり、たまにはするんだな」

「そりゃ、まあ。使っている連中を食わせなけりゃいけませんから」

「ほら見ろ。だから儂も菊田屋さんに行くよ」

「えぇ……」

面倒臭いのが一緒に来るのかよと、嫌がっている様子がありありと顔に出た。そんな弥之助を尻目に、吉兵衛は先に立って部屋を出た。

三

　新七が臭いを嗅ぎ、留吉が声を聞き、そして忠次が栄三郎の幽霊を目の当たりにしてからひと月ばかり経つ。今は初夏、又蔵の家を目指して歩く子供たちの頰を、気持ちの良い風が撫でていく。若葉の香りを乗せた、まさに薫風《くんぷう》というべき爽やかな風である。

　その風を胸いっぱいに吸い込んだ後で、銀太はがっくりと肩を落とした。

　これまでに溝猫長屋の子供たちは三度、幽霊に遭遇しているが、なぜか銀太にだけは何も起こっていない。他の三人で「見る」「聞く」「嗅ぐ」を回しているだけだ。同じ長屋に生まれ育った同い年の子供の中で自分だけが仲間外れになってしまっているわけだが、それは何かの間違いであるに決まっていると銀太は思っていた。もしくはあの祠の主のお多恵ちゃんは頭の出来があまり良くなくて、考えるのが面倒だから分かり易くまずは三人で回したのだ。

　それなら次の四度目から六度目までは誰か他の子が一人除け者になり、自分はその子に替わって仲間に加わるに違いない……はずなのだが。

「……爽やかな風の匂いなんていらねぇんだよ。臭いのよこせよ、鼻が曲がるようなやつ」

　まったく役立たずの糞野郎だ、と銀太は風に向かって悪態《あくたい》をついてから、今度は耳を澄ましてみた。自分たちの足音の他に聞こえてくるのは、近くの寺や武家屋敷に生えている木々の枝がわずかに風に揺すられる音と、その合間に混じる鳥の鳴き声だ。これまた爽やかな気分になる音である。

「……いや、そんなのはいいから、不気味な音とか声を聞かせてくれよぉ」

嘆きながら銀太は周囲を見回した。この辺りはもう江戸の外れだ。家などはぽつりぽつりと見えるだけで、ほとんどは畑、その向こうに武家屋敷や寺社の林が見えるという場所である。途中までは目黒不動尊への参詣客などもぽつりぽつりと歩いていたが、今は通りを外れたのでほとんど人影はない。せいぜい遠くの方に野良仕事をしている人が見えるくらいである。

のどかな眺めだ。初夏の日差しが降り注いでいるせいもあり、幽霊が現れる雰囲気など微塵も感じられない。

だがそれでも、と思いながら銀太はふっと振り返った。遠く離れた木の陰で何かがすっと動いたような気がした。もしかすると、と立ち止まって目を凝らしたが、どうやら気のせいだったようで、しばらく眺め続けても動くものは目に入らなかった。

まぁ無理もないよな、と思いながら銀太は目を前に戻す。こんなに明るく穏やかな景色の中には幽霊は現れまい。あまりにも場違いすぎる。だが、それでも……。

「……間違って出てくるうっかり者のお化けがいてもいいじゃないかよ」

ちっ、と舌打ちしながら銀太は先を行く四人を眺めた。

お紺はここまで人に道を訊ね訊ね来たが、今はもう見当がついたらしく、力強い足取りで先頭を歩いている。この娘は長屋の住人じゃないから別にいい。銀太が癪に障るのは他の三人の様子だ。

新七は鼻をくんくんと動かして、しきりに辺りの臭いを嗅ぎながら進んでいる。留吉は怪しい音や声を聞き漏らすまいと、ずっと耳の後ろに手を当てている。そして忠次は、新七と留吉の後ろで二人の動きを気にしながら、きょろきょろと忙しなく周囲に目を配っている。明らかに三人とも、次に幽霊が現れる時は「見る」「聞く」「嗅ぐ」が最初の順番に戻るに違いないと考えているのが分かる。つまり、今回も銀太には何も起こらないのだと初めから決めてかかっているのだ。

これには腹が立った。それと同時に、やっぱりそうだよな、という気持ちにも銀太はなった。もういいさ、どうせおいらは仲間外れなんだ、とちょっと卑屈になりながら、再び歩き始める。もう臭いを嗅いだり、耳を澄ましたり、周囲を見回したりはしなかった。

そのまましばらく五人は無言で進み、やがてお紺が一軒の家の前で立ち止まった。

「ここみたいよ」

そこは雑木林がすぐ後ろまで迫っている平屋建てのこぢんまりした家だった。その林は裏にある寺の敷地らしく、木々の隙間を通して向こう側に小さな墓所があるのが見える。家自体も古びているので、銀太が望んでいた幽霊が現れてもおかしくはない場所にたどり着いたといった感じである。だが……。

「別に臭くはないな……」

家の前で鼻を動かしていた新七が呟いた。

「妙な声や物音も聞こえないよ……」

耳の後ろに手を当てた留吉も言う。銀太と違って他の者は幽霊が出てくるのを望んでいるわけではないので、その声にはほっとしたような様子が窺える。

「それよりここ、誰も住んでいないんじゃないの。こっちの部屋、雨戸が閉まってるよ」

家の脇を覗いた忠次が言った。銀太が見ると、確かに西側の端にある部屋の窓にはすべて雨戸が立てられており、さらには開けられないように釘が打ち付けられていた。

「でも他は開いているわよ」

お紺が戸口に近づき、そっと手をかけた。動かないらしくその眉間に少々皺が寄ったが、それはただ建て付けが悪いだけだったようだ。両手を使って力を込めると、がたがたと揺れながら戸が開いた。

その家は土間を上がってすぐに三畳ほどの小さな部屋があり、その両側にそれぞれ一部屋ずつがあるという造りになっているようだった。右側の部屋は襖が閉まっている。そして左側は雨戸がすべて閉められていた部屋だが、内側も襖ではなく板戸で仕切られていて、その真ん中に大きな錠がぶら下がっていた。

「ごめんください」

子供たちと話す時と違い、お紺は澄ました声音を作って中へと声をかけた。そのまましばらく待っても返事はなく、また声をかけたが誰も出てこないので、お紺は首を傾げた。

「留守なのかしら」

少しがっかりした顔になって戸口の前を離れる。代わって今度は新七と留吉が戸口の中へと首を差し入れた。

「ふむ。別に変なわけじゃないけど……、何となく酒臭いな」

「寝息というか……、いびきが聞こえる」

中に人はいるが、どうやら酒を飲んで寝ているようだ。それならと銀太と忠次も加わり、四人の男の子が声を揃えて怒鳴った。

「ごめんくださいっ」

どたどたと右側の部屋から音が聞こえてきて襖が開いた。無精ひげを生やした五十くらいの男が顔を覗かせる。赤ら顔で、寝起きのせいかひどく不機嫌な顔をしている。

「何だ、お前らは」

いきなり見知らぬ子供たちが訪ねてきたのだから無理もないが、男はおっかない顔をして四人を睨みつけながら言った。

「ここは餓鬼の来るところじゃねぇぞ。殴られる前にさっさと帰りな」

多分これがあの、幽霊になって出てきたお蔦の亭主だろうと思いながら銀太は男を眺めた。弥之助親分が大家さんと話している時に耳にしたが、確か又蔵という名だった。

随分と乱暴な口調で話す男だ。しかし職人である銀太や忠次の父親も似たような話し方だし、他にも長屋にはこのような感じで話す大人がたくさん住んでいるので溝猫長屋の子供たちは誰も動じていない。

お紺は菊田屋の箱入り娘なのだから怖がってもいいが、残念ながらそれは建前だけなので、もっと平気な様子だった。何食わぬ顔で男の子たちの後ろから口を出す。

「突然お邪魔して申し訳ありません。あたしたちは決して怪しい者ではなく、亡くなったお蔦さんのことでお話があって参ったのでございますが……」

又蔵の顔に困惑の表情が浮かんだ。お紺は器量もいいし、こうして口元に幽かな笑みを湛え、澄ました声音で話をすると、良い所のお嬢さんに十分見える。そんな娘がいきなりこの汚い家に四人もの小僧っ子を引き連れて現れ、しかも死んだ女房についての話があるというのだから、又蔵が戸惑うのも当然だ。

「あたしは坂下町《さかしたちょう》にある質屋の菊田屋の者ですけど、実はお蔦さん、亡くなられる前にうちの祖父にお金を借りていたらしくて……」

又蔵の顔がまた怖くなった。

「まさかその借金を、俺に返すように言いに来たんじゃないだろうな。冗談じゃねぇぞ。死んだ女房が勝手にこさえた借金など知ったことじゃねぇ」

「ああ、そうではありません」お紺は借用書を示しながらにっこりと笑った。「うちの祖父も亡くなったことですし、もうそのお金のことは気にしなくていいとお蔦さんに申し上げようと思ってお邪魔したんです。もし仏壇なり、御位牌なりがありましたらその前でお伝えしたいと、そう思って参ったのでございますが……」

「うん？」

又蔵は素早く土間に下りると手前にいる男の子たちを搔き分けるようにして前に出て、お紺から借用書を引ったくった。それを見ながら、不機嫌そうな声のままで言う。

「ああ、それは感心なことだ。女房のやつもきっとあの世で涙を流して喜んでいるだろうよ。それならさっそく上がってもらって、と言いたいところだが、あいにくと仏壇のようなものはうちにないんでね。わざわざ来てくれたのに悪いんだが、これで帰ってくれ」

又蔵は子供たちに向かって、しっしっ、と犬でも追い払うような仕草をした。それから土間を上がり、部屋へと戻っていく。

せっかく来たのにそれだけか、と銀太は又蔵を睨んだ。小さく舌打ちする音が聞こえたのでそちらへ目を移すと、お紺が自分と同じような顔で、いやはるかに怖い、それこそ噛みつきそうな顔で又蔵を睨んでいた。

もちろん忠次や新七、留吉もむっとした顔をしていた。そんな子供たちに見守られながら又蔵はそのまま部屋に入ってしまうのかと思ったら、急に足を止めてお紺へと顔を向けた。

「確かお前は、質屋の者だと言っていたな。菊田屋だったか。そこで死んだうちの女房がしたのは借金だけかい。うちから何か持っていって質に入れはしなかったか」

「幾つかの品物を持ってきていたようです」

お紺は顔も声音も元に戻っている。そのあまりの素早さに、すげぇ、と銀太は舌を巻いた。

「お蔦さんはそれらの品物についても心残りがあるかもしれませんから、もしよろしければまた日を改めて、こちらに持ってこようと考えております」

「なんだ、それなら今日、一緒に持ってきちゃえばよかったのに」

お紺の言葉に横からそう口を出したのは忠次だ。ひどく顔を顰めていた。下手をしたらその時も自分たちが駆り出されるかもしれない。こんな不愛想《ぶあいそ》な男のところへ何度も足を運ばされるのは御免だ、と思っているのがありありと分かる。

「仕方ないでしょう。持ってこようと思ったんだけど、お父つぁんが隣の空き家の二階でごそごそやっていたのよ」

お紺は早口で忠次に囁いた。又蔵には聞こえないように小さい声で話していたが、銀太が見ると又蔵は耳を澄まして聞いているようだった。

「お蔦さんの質草はお祖父ちゃんが他のと別にして置いといたらしいの」

お紺の祖父の茂左衛門は骨董集めが趣味で、隠居してから建てた隣の家の二階にそれらの品物を並べていた。茂左衛門が亡くなってからいったん片付けたが、幽霊騒ぎが起こってから、もしかしたら骨董品に未練があって出てきているのではと考えて元に戻した。結局、隣の家の二階に出ていた幽霊はお蔦で、茂左衛門ではなかったのだが、それはともかくそれらの骨董品は今もそこにある。お蔦が質に入れたのは茂左衛門が集めるような値の張る物ではなかっただろうが、その中に混じって置かれているらしい。

「今日、弥之助親分がうちの店に来ることになっているそうなのよ。質屋ってのはどこかで何か盗まれるような事件があったら盗品が持ち込まれていないかお触れが回ってくるし、岡っ引きの親分さんも調べに来るのね。でもお蔦さんが持ってきた物はお祖父ちゃんが別にしていたから、昔あった事件の時の調べから漏れているかもしれないんですって。それで親分さんが念のために見せてくれって言ってきたらしいわ。まったくご苦労なことよね。そのせいで今日は、お蔦さんの質草までは持ってこれなかったってわけ。借用書だけは何とかこっそり持ち出せたんだけどね」

この言葉を聞いて銀太たち男の子はそろって顔を顰めた。仕事が忙しい父親の岩五郎の名代として借用書を届けに来たのだと思っていたのだが、どうやらお紺は岩五郎に内緒で勝手に持ってきたようだ。もし今日のことがばれたら、大家さんに説教の種を与えることになってしまう。お紺らしいと言えるが、まったく迷惑な話だ。

「もう用は済んだんだから、さっさと帰ろうよ」

留吉が心配げな顔で呟いた。あまり遅くなって吉兵衛の心証が悪くなったらまずいので、それを避けようという魂胆だろう。もちろん他の男の子たちも深く頷いた。

お紺も納得したようだ。まだ部屋に入らず襖の前に突っ立っていた又蔵に向かって「それではまた」と声をかけ、戸を閉めようと手を伸ばした。ところが、そのお紺に又蔵が慌てたような口調で話しかけた。

「ああ、待ってくれ。仏壇はないが、位牌があったのを思い出した。せっかくだからそれに手を合わせてやってくれないかな。今日はそのために来たんだろう?」

さっきまでとは打って変わり、又蔵はにやにやと口元に笑みを浮かべ、猫なで声を出している。薄気味が悪いので男の子たちは顔を見合わせた。

しかしお紺は「あら、よろしいのですか」などと言いながら戸口をくぐろうとする。新七が驚いたような顔でそれを押しとどめた。

「借用書は渡したんだから、もういいんじゃないかな」

「なに言ってるのよ。ちゃんと手を合わせてお蔦さんに『お金のことはもう気にしないでください』って伝えないと、また脇の家に出てきちゃうかもしれないじゃないの。今日はそのために来たんだから、あんたたちももう少しだけ付き合いなさい」

お紺はそのまま戸口をくぐった。土間で履き物を脱いで、さっさと上がり込む。男の子たちはまた顔を見合わせ、はああ、とそろって溜息を吐いた。それから戸口をくぐってお紺の後に続いた。

家の中に足を踏み入れた瞬間、あれ、と銀太は首を傾げた。酒臭さの他に何か別の気になる匂いが混じっている。最初の件で新七が感じた湿った土の臭いとか、二度目の時に忠次が嗅いだ腐った死体の臭いではなく、この前の時に留吉が言っていた、線香の匂いである。

しかしそれも幽かなものだ。三人が嗅いだような強い臭いではなかった。それに入った瞬間に少しだけ感じただけで、今はもうその匂いは消えている。だから気のせいなのだろうと、銀太は土間で履き物を脱いで部屋に上がった。

そこでまた銀太は首を傾げた。先に上がったお紺は又蔵に促されて、もう右手にある襖の向こう側の部屋に入っている。中から又蔵が「汚くて悪いね」と謝る声や「あら、構いませんよ」というお紺の返答、さらに後から入っていった忠次たちの「うわっ、本当に汚ねぇ」と驚く声が聞こえてくる。そして、それらとは別に、どこかで大勢の人が喋っているような声が銀太の耳には届いていた。何を言っているのかはよく分からない。祭りの時とか両国広小路《りょうごくひろこうじ》とか、そういう大勢の人が行き交っている場所で聞くようなざわざわとした声だ。

しかしその声もちょっと耳を澄ますと消えてしまった。だから、これもやはり気のせいなのだろうと銀太は思った。

そもそも「見る」「嗅ぐ」「聞く」は一人がどれか一つずつ、交互に感じるはずなのだから、一度に二つ来るのはおかしい。きっと自分だけ仲間外れにされているのが嫌で、それでありもしない臭いや声を感じたに違いない。

――まったく、我ながら情けないや。

どうせ自分には何も起こらないのだ。いつまでもうじうじせず、お化けに遭うことは男らしくきっぱりと諦めて、他の三人がびくびくしている様子をのんびりと眺めさせてもらおう。その方がいい。よし、そう決めた。

銀太はすっきりとした気分になり、力強い足取りで他の者が先に入っていった部屋に足を踏み入れた。そして叫んだ。

「うわっ、本当に汚ねぇ」

足の踏み場もないとはこのことだ。万年床の枕元には徳利《とっくり》が幾つも転がり、洗っていない湯呑みや茶碗、箱膳までも無造作に置かれている。もう暖かいので使っているはずのない炬燵《こたつ》が部屋の隅にまだあり、その横にはまだ涼しいのでやはり使っていないであろう蚊帳が丸められている。行灯やら火鉢やら煙草盆やら行李《こうり》やら、その他にもたくさんの物がその部屋にはあり、それらの合間にかろうじて垣間見える床には大きな綿埃が風に揺らいでいた。もう長いこと掃除がなされていないのは明らかだ。多分、万年床を捲《めく》るとその下には黴が生えているると思う。

貧乏長屋の住人である自分でさえびっくりしたのだから、お紺はさぞ顔を顰めているだろうと思いながら見ると、なぜか誰よりも平気な顔をしていた。

ただ、さすがに腰を下ろすということまではできないようだ。なるべく綺麗そうな場所を見つけて突っ立っている。そのせいで忠次や新七、留吉はとりわけ埃が積もっていそうな部屋の隅へと追いやられていた。

こんな部屋に長居はしたくない。さっさと位牌に手を合わせて早々に帰ろうと、銀太は部屋の中を見回した。ごちゃごちゃと置かれている物の中に位牌らしきものは見当たらなかった。

家の主である又蔵は行李の蓋《ふた》を開けて中を引っ掻き回していた。畳まれずに突っ込まれていた着物が引き出される。まさかあんな中に位牌が、と思いながら眺めていると、又蔵は行李の底の方から大きな鍵を取り出した。さすがに位牌は入っていなかった。

「女房の位牌はあっちの部屋にある。物置として使っているので閉めっきりなんだよ。多分、奥の方に置かれていたと思うから、ちょっと探すのを手伝ってもらおうかな」

いつも暮らしているこちらの部屋でさえこの有様なのだから、物置はさぞごちゃごちゃしているることだろう。面倒臭ぇなぁと思いながら、銀太はその汚い部屋を出て、土間を上がってすぐの部屋に戻った。

他の子供たちもずらずらと出てきたので、銀太はいったん戸口の方へとよける。最後に又蔵が現れて、鍵を板戸にぶら下がっている錠の鍵穴に差し込んだ。

又蔵は錠を外して板戸を開けると、中には入らず「ここだよ」と言いながら体を横にどかした。さっそくお紺が中を覗き込む。

「あら、案外とすっきりしているわ。隅っこの方に箱が幾つかあるだけじゃない。これなら向こうの部屋にあった炬燵とか蚊帳をこっちに入れればいいのに」

「うむ。そうなんだが、何かと面倒でね。多分、女房の位牌はその箱のどれかに入っているはずなんだ。俺は明かりを用意するから、先に中に入って探していてくれないかな。おじさんと違って子供は目が利くから、ここを開けておけば少々暗くても見えるだろう」

又蔵は子供たちをそこに残して、万年床の敷かれた部屋へと戻っていった。

お紺が物置へと足を踏み入れた。忠次、新七、留吉と続く。銀太は戸口の方へよけていたので入るのが最後になった。

すぐには板戸をくぐらず、まずは中を覗き込んだ。雨戸が閉まっているとはいえ、この板戸が開いているので中は十分に見える。わざわざ明かりを用意する必要などないくらいだ。先に中に入った者たちはもう、それぞれが隅に置かれた箱の前で腰を屈め、こちらに背を向けて中を調べ始めている。一刻も早く帰れるように自分もさっさと手伝わなければ、と銀太はようやく物置の中へと足を踏み出した。

足を一歩下ろした瞬間、再び線香の匂いが漂ってきた。同時に、ざわざわと大勢の人が喋っているような声が聞こえてくる。

どちらもこの物置の中からだ。だがお紺はもちろん、忠次や新七、留吉も平然としている。まったく気づいていない。

いや、感じていないのだろう。この匂いを嗅ぎ、声を聞いているのは自分だけなのだ。

――どういうことだよ。

これまでは銀太一人を仲間外れにして、「見る」「聞く」「嗅ぐ」が一人に一つずつ、交互にやって来た。それなのに……。

――おいおい、まさかおいらの時だけ、一気に来るんじゃないだろうな。

事実、他の者が感じていない匂いを嗅いでいるし、聞いていない声を耳にしている。それなら次は……。

お紺の向こう側の暗がりで何かが動いた。初めは黒くもやもやしたものが蠢《うごめ》いていただけだったが、次第に形を作っていく。人間だ。それがお紺とその隣にいる新七の間を通って、ずるりと床に這《は》い出してきた。頭がぱっくりと割れて傷口からどくどくと血を流している男だったが、お紺と新七にはそれが見えていないようだ。

現れたのはその一人だけではなかった。忠次が調べていたのは古着が入った行李で、中から取り出した着物を脇に無造作に置いていた。そのうちの一枚がにわかに膨らんだかと思うと、亀のように手足が出てきた。最後に頭が伸びる。首の回りに青黒い痕《あと》がある、口元からだらしなく舌を垂らした若い女だった。

留吉に至っては、箱の中から堂々と赤ん坊の死体を取り出した。いや、恐らく留吉は別の物、たとえば人形のような物を出しただけなのだろうが、銀太の目にはそう見えたのだ。ただ、死体だと思ったのは間違いだった。それはおもむろに手足を動かすと、こちらに向かって這い始めた。

銀太は後ずさりした。気づけば明かりが届かない他の場所の闇からも、次々とこの世の者ではないはずの者たちが現れ、ゆっくりと近づいてきている。

二、三歩、下がったところで銀太は突然、肩をつかまれた。うわぁ、とみっともない悲鳴を上げて振り返ると、まだにやにやした顔のままの又蔵が立っていた。

「どうした坊主。お友達を手伝ってやらないと、嫌われて仲間外れにされるぞ」

「そんなことはもうどうでもいいんだよ。それより死体が、幽霊が……」

銀太は震える手で物置の中を指差した。お紺たちが手を止め、何事かという顔でこちらを振り返っている。その前にはもう十人近くにまで増えた死体が、いや幽霊が蠢いていた。

「おいおい、何を言っているんだ。そんなものはいないぞ」

又蔵が物置の中を覗いて言った。銀太はぶるぶると首を振った。

「いるんだよ、おじさん。頭の割れた男の人とか、首に青黒い痕のある女の人とか、なんで死んだか分からない赤ん坊とか……あっ、首が変な方に曲がっている」

又蔵の顔が急に険しくなった。しかしそれは一瞬のことで、すぐにまた元の、にやにやした表情に戻る。

「何もいやしないよ。すべて気のせいだ」

又蔵の手が伸びて銀太の腕をつかんだ。そのまま素早い動きで銀太の背後へと回り込む。腕を捻り上げられる形になった銀太はうめき声を上げた。

「ほら、中に入ってよく見るんだ」

銀太は、どん、と強く背中を押され、物置の中へと突き飛ばされた。あれほど恐れ、逃げ出そうとしていた異形の者たちの真っただ中へと倒れ込む。

もし相手が人間だったら、その人の上に倒れるのだからさほど痛くはなかっただろう。だがあいにくと相手は幽霊だった。銀太の体は連中をすり抜け、床へと叩きつけられた。

胸を強く打ち、息ができなくなった。目を固く閉じてうめき声を上げる。そんな銀太の背後で板戸が閉まる音がして、続けて錠のかけられる音が鳴り響いた。

「……銀ちゃん、銀ちゃん。頼むから起きてよ」

泣きそうな忠次の声とともに体を揺すられ、銀太は薄く目を開けた。真っ暗闇かと思ったが、雨戸の隙間から漏れる明かりでうっすらとだが周りが見えた。目の前には、座り込んでこちらを心配げに覗き込んでいる忠次の顔がある。

「良かった、気づいたみたいだ」

ほっとしたような留吉の声がした。目を移すと忠次の横にやはり座り込んで、こちらを覗き込んでいた。

どうやらほんのわずかな間だけ気を失っていたらしい。自分は今、うつ伏せになり、顔を横に向けて寝ているようだ。

「銀ちゃん、頭はちゃんと働いているかい。気分はどう?」

頭の後ろの方から新七の声が聞こえてきた。平気みたいだよ、と答えながら銀太は目だけをきょろきょろと動かす。目の前にいる忠次と留吉が邪魔だが、少なくとも見えるところには、あの気味の悪い者たちの姿はなかった。

「おいらたち、どうなったの?」

銀太は訊ねた。

「なんか、閉じ込められちゃったみたいなんだよね」

そう答えながら留吉が首を振り、それから立ち上がった。

「いくら声をかけても又蔵さんの返事はないし、雨戸は外から釘で打ち付けられているから動かせないし、困っているところなんだ」

そう言って忠次も立ち上がる。

二人が立ったことで見通しが良くなった。今、銀太の目の前には忠次と留吉の足がある。そのすぐ向こうに見えている白い足は、多分お紺のものだろう。そこまではいい。気になるのは、その隣にもう一人分の、二本の足があることだ。

新七の声は頭の後ろの方から聞こえてきた。だからそれは新七の足ではない。それなら誰のものだと言うのか。

よく見ると、随分とすね毛が生えているようだ。間違いなく大人の男の足だった。

まさか、と体を震わせた銀太の耳に、板戸を叩く音が聞こえてきた。

「ちょっと又蔵さん、早く開けないと承知しないわよ」

お紺が外に向かって呼びかけている。

銀太は又蔵に背中を押されてこの物置の中へと倒れ込んだ。だから入り口の板戸は足の方にある。つまり、忠次や留吉の足の向こうに見えている白い足は、お紺のものではない。

銀太は体を捻るようにして、恐る恐る目を上げていった。まだ脇に突っ立って心配げにこちらを見下ろしている、忠次と留吉の顔がまず目に入ってくる。その後ろに、忠次たちの肩越しにこちらを覗き込むような形で頭の割れた男が立っていた。その横には首に青黒い痕がある女の顔もある。

銀太はそのままゆっくりと仰向けになった。

囲まれていた。あの闇の中から現れた十人近くにもなるこの世の者ではない連中が、忠次や留吉の背後に立ち、床に寝転がっている銀太を見下ろしていた。

気がついた時に向いていた方とは反対の、新七が立っている側へと銀太は頭を傾けた。そこに首が妙な形にねじ曲がった赤ん坊がいた。すぐ目の前に顔がある。ずっと自分の後ろにいたのだ。

銀太は叫び声を上げ、再び気を失った。

四

「この中に何か気になる品はありますか」

弥之助が訊ねると、徳平は困惑したような顔で部屋の中を見回した。

菊田屋の隣の、今は空き家になっている例の家の二階である。部屋には亡き茂左衛門が道楽で集めた骨董品が置かれている。

弥之助は詳しいことを何一つ徳平に伝えていない。何も訊かずに黙って菊田屋に来てくれと頼んだだけだ。そして、やはり何も教えずにいきなりこの空き家の二階に連れてきて、そこにある道具類を見てもらっている。そうしてその様子を、息を潜めて見守っているところだ。

「いえ、俺はこのような、値の張りそうな骨董には縁のない人間でして」

徳平は戸惑いながらも、一つ一つの道具を眺めていった。壺や花瓶、皿、刀剣、あるいは書画などが並んでいたが、少し目をくれただけですぐに次の物へと移っていく。心にちょっとした引っかかりも感じないようだ。

やがて徳平は端に置かれた、根付《ねつけ》や簪、印籠《いんろう》といった細々とした物が押し込まれている箱の前に立った。あらかじめ箱の蓋は開けてあったので、上から覗き込む。

しばらくはあまり興味がなさそうな目で見下ろしていたが、少しすると「うん？」と声を漏らして屈み込んだ。

箱の中に手を差し入れて、徳平は一枚の櫛を摘《つま》み上げる。華美な模様はなく、地味な色合いの櫛だったが、物は良さそうだった。

徳平はそれから随分と長い間、ひっくり返したり顔を近づけたりしてその櫛をまじまじと眺め続けていたが、やがて顔を上げ、大きく見開いた目を弥之助へと向けた。

「これは、死んだ女房の形見です。倅の栄三郎が殺された時、わずかな銭と一緒にうちから消えていたやつだ」

「間違いありませんか」

「ええ。古い物だし、女房がいつも使っていたから、よく見ると細かい傷があるんですよ。それらに見覚えがある。間違いなくこれは、死んだ女房の物です」

「ふむ」

弥之助は部屋の隅に目を向けた。そこにはここの家主である菊田屋の主の岩五郎がいて、弥之助と徳平の話を聞きながら古ぼけた帳簿を繰っていた。

「ああ、ありました」岩五郎が声を張り上げた。「それは死んだ親父が買い求めた骨董ではなく、例の幽霊として出てきたお蔦さんが、生前に質草として持ってきた物です」

「思った通りだ。お二人とも、ありがとうございました」

弥之助はにんまりした。これで最初の件と、三番目の件が直につながった。きっとお多恵ちゃんは、ここまでたどり着いてくれることを願いつつ、あの子たちを幽霊に出遭わせたのだろう。後は又蔵のやつを引っ捕らえるだけだ。

「その櫛だけでも十分ですが、証拠は多ければ多い方がいい。岩五郎さん、他にもお蔦さんが質草にするために持ってきた品がここにあるでしょうか。もしかしたら又蔵が他の家から盗んできた物も混じっているかもしれません。ああ、それと、これはやつの盗みに深くはかかわっていませんが、念のためにお蔦さんが茂左衛門さんにお金を借りた際の借用書もあった方がいいかな」

「お蔦さんが持ってきた品は、この帳簿を見ればどこかに記してあるはずです。借用書の方は、いずれ近いうちにお蔦さんの墓前なり仏壇なりに返そうと思っていたので、ここじゃなくて店の方に置いてあります」

「それでは、帳簿の方は私が調べておきますので、岩五郎さんは借用書を取ってきてくださいますか」

弥之助は帳簿を受け取った。そして岩五郎が店の方へ戻っていく足音を耳で聞きながら、それに目を落とした。

調べに夢中になっているせいで、弥之助は徳平のことが頭から抜けてしまった。気の毒なことに徳平は手持ち無沙汰になってしまっている。しかし弥之助の邪魔をしないようにと何も言わずに部屋の隅に引っ込み、体を縮めて大人しくしていた。

それともう一人、部屋には弥之助がすっかり忘れている人物がいた。こちらは残念なことに黙って大人しくしているような人間ではなかった。

「おい弥之助。自分だけ分かったような顔をして満足しているんじゃないよ。わざわざここまで連れてきて、何も言わないのは失礼だ。ちゃんと儂も分かるように説明するのが筋ってものだろうがっ」

溝猫長屋の大家、吉兵衛である。

弥之助はびくっと体を震わせて帳簿から顔を上げた。そして吉兵衛の顔を見て、溜息を漏らしつつ力なく首を振って帳簿を閉じた。

「別に私が連れてきたわけじゃありませんよ。大家さんの方が無理やりついて来たんでしょう」

「つべこべ言わずに教えなさい。いったい何が起きているんだね」

「はあ……」

まったく面倒臭い年寄りだ、と弥之助は心の中で呟いたが、声に出すともっと面倒なことになりそうなので言わなかった。代わりに仕方なく説明を始める。

「こちらにいらっしゃる徳平さんの息子さんである栄三郎を殺したのが、この場所に幽霊として出てきたお蔦さんの亭主の、又蔵という男だったってことが分かったんですよ。つまり、空き巣狙いだけど見つかった場合は容赦なく殺すという、あいつです。栄三郎が殺された時、銭の他にも幾つかの物が盗まれていたんですが、そのうちの一つである、亡くなったおかみさんの形見の品の櫛が今この部屋で見つかりました。お蔦さんが質草として持ってきた物の中にあったというわけで。ここからは又蔵を締め上げて聞き出さないと確かなことは分からないので、私の考えが混じっていることを承知でお聞きください。恐らく又蔵という男は慎重な野郎で、盗んだ物はすぐには売らずに、自分の家かどこかに貯め込んでおいたのでしょう。大家さんもご存じのように、どこかで盗みが起これば質屋など八品商にはお触れが行き、私ども御用聞きが調べに参りますのでね。だからほとぼりが冷めるまでじっと待ち続けていたんだ。ところが女房が勝手に持ち出して質に入れてしまった。お蔦さんがそれを盗品だと知っていたかどうかは分かりませんが、多分、知らなかったでしょうね。ただ暮らしに困ったから持っていったんだ。又蔵という男は乱暴者だからお蔦さんもそのことは内緒にしていたでしょうが、ある時とうとうばれてしまった。それで散々痛めつけられたお蔦さんは、その翌日に倒れて、二、三日後には亡くなってしまった」

「ふむ。だいたい分かった。お蔦さんは悪い亭主を持ってしまって気の毒だったな。しかしだね、弥之助。現にこうして質に入っていたわけだから、お前たち岡っ引きが初めにちゃんと調べていれば、お蔦さんもそんな死に方をせずに済んだかもしれない」

「それについては、二つの間に長い時が経っているせいというのがあります。栄三郎が殺されたのは十年近く前で、お蔦さんが櫛を質入れしたのはそれからだいぶ経ってからだったんですよ。それともう一つ、茂左衛門さんが、お蔦さんの質草は菊田屋で使っているのとは別の帳簿に記していたせいということもあります。借用書もそれと一緒にして、岩五郎さんの目に留まらないような場所に隠しておいたようですしね。きっとお蔦さんのことを気の毒に思って、無理に金を返してもらわなくても構わないと考えていたからでしょう」

　それと質草の方については、あるいは茂左衛門には、もし良い道具を持ってくることがあったら自分の道楽の骨董品に加えようという腹があったのかもしれない。もちろん当たり前に質が流れるのを待てばいいだけだが、その場合、頑固そうな岩五郎が文句を言いそうだからそうしたのだろう。それが真実かは分からないが、茂左衛門がそうしたお蔭で今もこうして形見の品の櫛が残っているのだ。感謝しなければならない。

「……どうかな。やっぱりお前たちがしっかりやっていないからだと思うがね」

吉兵衛はどうしても弥之助たち目明しの手落ちということにしたいらしい。

「まぁ、確かにそうですね。現にこうして調べ直した結果、又蔵にたどり着いたわけですから」

下手なことを言うと藪蛇《やぶへび》になりかねないので、弥之助は大人しく引き下がった。

「とにかく又蔵が栄三郎殺しの下手人だと分かったわけですから、早々に八丁堀の旦那の元へ話を持っていきます。その前にここでしっかり調べておかないと。野郎は栄三郎の他にも、何人も殺しているようですからね。調べに漏れがあって浮かばれない人が出たら可哀想だ」

弥之助は帳簿へと目を戻した。事情が分かった吉兵衛はもう邪魔をするつもりはないようで、大人しく徳平のそばへと居場所を移した。これで調べに打ち込めると思ったら、大きな音を立てて慌ただしく岩五郎が戻ってきた。

「親分さん、大変だ。お蔦さんの借用書がなくなっちまった」

「それは、いったい……」

「女房に訊いたら、お紺のやつがごそごそやっているのを見たと言っていた。うちの馬鹿娘が持っていっちまったんだ」

岩五郎は苦虫を嚙み潰したような顔になった。弥之助は、何か証文のような物を手にして溝猫長屋を窺っていたお紺の姿を思い出した。あれがお蔦の借用書だったに違いない。

「しかしそんなものを持って、お紺ちゃんはいったいどこへ行ったんでしょうか」

「お紺のやつは、早くあれを持ってお蔦さんの墓前に行って、借金は返さなくて結構だと伝えてくれと、俺をせっついていたんです。でも店の方が忙しくて延び延びになってしまっていましてね。だからきっと痺れを切らして、自分で行っちまったに違いありませんや」

「だけどお蔦さんのお墓の場所をお紺ちゃんは知らないでしょう。借用書に書いてあるのは寺じゃなくて、名前と住んでいる場所……」

そこで弥之助は、岩五郎と顔を見合わせた。お紺が向かった先は……。

「こら弥之助、ぼさっとしてるんじゃないっ」吉兵衛が声を上げた。「お紺ちゃんは又蔵の所に行ったんだよ。何かあったら大変だ。さっさとお前も追いかけるんだ」

娘の一大事に、弥之助より先に岩五郎が動こうとした。しかし弥之助は前に手を出して岩五郎を止めた。

「いや、心配はありませんから落ち着いてください」

「なに悠長なことを言ってるんだ」

「大家さんも声を落としてください。あんまり怒鳴ると体に障りますよ。お紺ちゃん一人ならともかく、溝猫長屋の子供たちが四人も一緒について行っています。そんな大勢を相手に、又蔵もどうこうしようという気にはならないでしょう。それに所詮《しょせん》は空き巣狙いのけちな盗人だ。よほどのことがない限り、危ない目に遭うことはありませんよ」

「そのよほどのことが起こったらどうするんだ。確かに又蔵は空き巣狙いのけちな盗人かもしれないが、一方で多くの人を殺している恐ろしい男でもあるんだ。何かの拍子に牙を剝くということも十分に考えられる。もしお紺ちゃんやうちの長屋の子供たちに何かあったら……」

弥之助は末代まで祟られることになるだろう。それは嫌だ。

「繰り返しますが、何も心配はありません。先ほど大家さんのうちでちょっと言いましたが、お紺ちゃんや子供たちをこっそりとつけて行ってもらっている人がいるんです。もし万が一のことがあったら、その方が何とかしてくれます」

「お前の役立たずの手下どもだろう」

「これも先ほど言いましたが、そうではありません。実は今日、溝猫長屋を訪れるより先に耕研堂に顔を出しましてね。これまでに分かったことを古宮蓮十郎先生に話したんですよ。何かあった時に力になってもらおうと思いまして。ここへも来てもらおうと思って、溝猫長屋にも一緒に行ったんです。そこでお紺ちゃんが長屋を窺っているのを見つけて、これはあの子供たちをどこかへ連れ出す気に違いないと思いましてね。そこで古宮先生と別れたんです」

「ふうむ。つまり子供たちをつけているのは古宮先生というわけか」

吉兵衛は、ふうむ、と唸って天井を見上げた。蓮十郎がはたして頼りになるかどうか考えているのだろう。その顔色から判断すると少々疑っているようだ。無理もない。吉兵衛は耕研堂に雇われるようになってからの蓮十郎しか知らないのだから。

「実は古宮先生が耕研堂に来るようになる前から、私はあのお方を知っておりましてね。大家さんはご存じないようですが、その前は剣術を教えていたんですよ」

「ほう。強いのかね」

「子供たち相手に手習を教えている古宮先生しか見ていないから信じられないかもしれませんが、強いです。達人と言ってもいい。残念ながら門人が減って道場が潰れてしまったので、今は剣を字突き棒に持ち替えておりますが……」

「おいおい、ということはたいして強くないんじゃないのか。だから門人が離れてしまったのだろう」

「その反対ですよ。強すぎるんです。それと……剣術を教えている時の古宮先生は、子供を相手にしている時とはまったく異なった人間でしてね。うまく言えませんが、ある意味では相当に性根の曲がった悪人になるというか……」

「本当かね」

吉兵衛はますます疑わしげな顔になった。

弥之助はそれ以上の説明をすることは諦めた。実際に目の当たりにしないと古宮蓮十郎の恐ろしさは分からないからだ。

――とにかく、俺も早く又蔵の家に駆けつけた方がよさそうだな。

窓の外を眺めながら弥之助は思った。そうしないと又蔵のやつが少々気の毒だ。

五

旅支度を整えながら、又蔵は物置に閉じ込めた子供たちをどうするべきか頭を捻っていた。

あの質屋の娘が男の子の一人と交わした話で、自分の身に追手が迫りつつあることが分かった。岡っ引きが、お蔦が質に入れた品を調べに行っているという。間違いなくそれは、俺がどこかの家から盗み出し、物置に隠しておいた品だ。お蔦が勝手に持ち出したやつだ。

娘の話によると、岡っ引きは以前の事件の際に調べから漏れた品を調べ直しているようだ。当然、俺がやった件であろう。きっと二、三日のうちに、悪くすれば今夜にでも役人が俺を捕まえに来るに違いない。その前に、できるだけ遠くまで逃げなければ。

――ちっ、お蔦が質屋の名を白状しなかったばっかりに。

勝手に物置から品物が持ち出されたと気づいた晩、俺はお蔦を容赦なく痛めつけ、怒鳴り散らし、そして宥めすかし……と手を替え品を替え質屋の名をお蔦の口から引き出そうとした。しかし相手に悪いからの一点張りで、とうとうお蔦は口を割ろうとしなかった。頭に来た俺は、最後にはお蔦の頭をただ殴り続けるだけになっていた。

結局お蔦は、その翌日に倒れて、二、三日で死んだ。顔など目立つ場所は決して痛めつけなかったお蔭で卒中による死ということで片付いたが、俺が殴ったせいであることは疑いようがない。そこまで頑なに黙っているなんて、まったく馬鹿な女だ。救いようがない。死んでくれてせいせいした。

――おっと、今はあんな女のことなんてどうでもいい。

それより子供たちのことだ。もう少し詳しく話を聞き出せないかと思って家に上げたのだが、一人が気味の悪いことを言い出したので、思わず突き飛ばして閉じ込めてしまった。

他の子から銀ちゃんと呼ばれている子供が言った死体だか幽霊だかの様子が、俺がかつて忍び込んだ先で見つかってしまい、やむなく殺してしまった人間の風貌とあまりにも似ていたせいだ。確かに俺は男を棒で殴りつけて頭を割ってやったことがあったし、若い女の首を絞めたこともあるし、赤ん坊の首を捻ったこともあった。あの小僧はそれらをいちいち言い当てたのだ。本当に幽霊を見たのかもしれないし、わけがあって真実を知ってしまったのかもしれないし、あるいはただ口から出まかせを言っただけかもしれないが、いずれにしろ他所で変なことを言いふらされては敵《かな》わないので閉じ込めたのは正しかっただろう。

——さて、俺は逃げるとして、子供たちはどうするかな。

大事な娘が帰ってこないとなれば、菊田屋は大騒ぎになるはずだ。親戚や隣近所、そして懇意にしている岡っ引きに頼るに違いない。そうなると岡っ引きは俺についての調べをいったん止めて、娘探しの方に奔走するのではないか。お蔦が訪れた質屋は恐らくその菊田屋一軒だけ。だから菊田屋の引き合いを抜いて金を得ることはできない。そんなことをすれば事件そのものを解決することができなくなってしまうからだ。それならまず娘探しの方に奔走した方が、見つかれば礼金も貰えるし、恩を売ることで後々まで菊田屋から金を引き出すことができるようになる。

岡っ引きの大半は正義よりも金儲けの方が大事という碌でもない連中だ。だからあの娘は長く閉じ込めておいた方がいい。見つかるのが遅くなるほど岡っ引きが俺の件に手を付けるのが遅くなり、その分、遠くまで逃げられるようになる。

——それなら、いっそのことあの子供たちを殺しちまった方がいいかもな。

俺は人付き合いがないからここを訪れる者などいないが、表を通りかかるだけの人はたまにいる。そいつが子供たちの叫ぶ声を耳にしてしまうかもしれない。そうならないように、二度と言葉を出せないようにしておいた方がいいに決まっている。

——よし、殺そう。

考えがまとまった又蔵は匕首《あいくち》を手にした。五人もの人数が相手では大変だが、全員が子供で、そのうちの一人は女だ。しかも向こうは得物《えもの》を持っていない。万が一にも負けることはない、と思った。

又蔵は忍び足で部屋を出て、錠のかかった物置の板戸の前に立った。さっきまでは叫び声がしたり、呼びかける声が聞こえたりしていたが、今は静かだ。耳をそばだてると中からぼそぼそという話し声が聞こえた。ここから逃げ出す算段をつけているのかもしれない。

最初の一人はのこのこと出てきたところを匕首でいきなり突き刺し、その後は中に飛び込んで一気にけりをつけよう、と考えながら又蔵は鍵を出した。それをゆっくり錠前の鍵穴へと近づけていく。

あともう少しでそれが鍵穴に入るという時、又蔵は動きを止めた。目だけを動かして戸口を見る。誰かが遠慮がちに戸を叩く音がしたのである。

まさかもう役人が捕まえに来たのか、と又蔵は体を強張らせた。その耳に再び戸を叩く静かな音が聞こえてきた。

息を殺して戸口を見守っていると、ゆっくりと戸が開いていった。あまりにも遅いので音が立たなかった。

開いた戸口に男の顔が覗いた。見知らぬ男だった。

尾羽打ち枯らしたという風情《ふぜい》の貧相な侍だ。年は三十代の半ば辺りか。穏やかな表情で、口元には笑みが浮かんでいる。同心ではなさそうだ。とても自分を捕まえに来た者のようには見えない。

侍は又蔵に向かって手招きした。それからすっと戸の向こうに姿を消した。表に出てこいと言っているようだった。

一瞬、罠かもしれないという考えが頭に浮かんだ。大勢の役人が表で待ち構えているのではないだろうか。

しかし又蔵はすぐにその考えを捨てた。長年、盗人稼業を続けてきた又蔵の勘は、決してそうではないと告げていた。何しに来たのかは分からないが、あの侍は一人でここへ来ている。

又蔵はゆっくりと土間に下りた。まず表の気配を探り、それから開いた戸口から首だけ出して辺りを見回す。思った通り罠ではなかった。そこにはあの侍だけしかいなかった。

その侍は戸口から少し離れた場所に立っていた。なぜか手にはどこかで拾ってきたらしい木の棒を持っている。そして奇妙なことに腰の刀は二本とも外して、はるか後方に置かれていた。

「……何か御用でしょうか」

もう一度辺りに目を配って隠れている者がいないのを確かめ、又蔵は表に出た。子供たちの声が漏れないように、後ろ手でしっかりと戸を閉める。その手には相手から見えないように匕首が握られている。

「俺は古宮蓮十郎と申す者だ。決して怪しい者ではない」

侍は低い声で名乗った。随分と小さな声だった。

「……ただ、中に閉じ込められている子供たちを助けに来ただけだ」

「何の話でしょうか」

又蔵はとぼけながら蓮十郎を見た。囁くように喋っているが、どこか楽しんでいるような響きが感じられる。

「誤魔化さなくていい。実はずっと中の様子を窺わせてもらっていたんだ。だから余計なことは言わずに、お前は後ろ手に隠し持った匕首を前に出して俺に向かってくればいいんだよ。難しいことは何一つない」

蓮十郎は表情も楽しそうだ。又蔵から目を逸らし、手にした棒切れをにこにこしながら眺めている。

又蔵はまた辺りに目を配った。隠れている者どころか、近くには人っ子一人いないようだ。誰にも見られていない。

蓮十郎に目を戻す。少々気味が悪いが、決して強そうには見えない。

――この侍も子供たちと一緒に始末してしまおう。

又蔵はにこりと笑った。

「何か勘違いをなさっていらっしゃるのではありませんか。うちに子供なんておりませんよ。この匕首は、お武家様がうちを訪ねてくることなんて滅多にないので、びっくりしてしまっただけでございまして」

又蔵はそう言いながら懐から取り出した鞘《さや》に匕首を戻した。それを左手に持ちながら、ぶらぶらと蓮十郎に近づいていく。

間合いが一間ほどになった時、又蔵はすっと相手から目を外し、その後方を眺めやった。そして自然な口調を心掛けながら相手に声をかけた。

「あそこに刀を置かれているようですが……違う場所の方がいいかもしれませんよ」

「うん?」

蓮十郎がふっと後ろを振り返った。

それを狙っていた。又蔵は地を蹴り、蓮十郎の元へと一気に迫った。匕首を鞘から抜き、その背中の真ん中を目がけて突き出す。

　刃物の先が侍の背中に刺さろうとする寸前までを、又蔵はその目でしっかりと捉えていた。勝った、と思った。だが次の瞬間、なぜか又蔵は地面に転がっていた。

何が起こったのか分からなかった。ただ、手首とすねに痛みを感じた。困惑しながら顔を上げると、いつの間にか又蔵の手から離れていた匕首を蓮十郎が拾い上げるところだった。

「ほんのちょっと体を捻っただけだ。それだけで楽によけられた。お前さんはそのままの勢いで俺の後ろを通り過ぎていったよ。その時にすねを叩かせてもらっただけだ。ああ、その前に手首に当てたけど、それはついでだ。倒れた時に刃物を持ったままじゃ危ないからな」

又蔵の胸の内が分かるのか、蓮十郎はさっきの動きを説明しながら近づいてきた。そして二、三間ほどの所で立ち止まり、ぽんっ、と匕首を又蔵のそばに投げた。

「不意打ちが無駄なのは分かっただろう。ここからは正々堂々とやり合おうじゃないか」

又蔵は立ち上がった。力量にかなりの差があることははっきりした。弱そうに見えるが、まともに立ち合って勝てる相手じゃない。

光明があるとすれば、こちらは刃物で向こうは木の棒である点だ。案外丈夫な硬い棒だが、いくら叩かれても構わない。一撃さえ当たれば相手を倒すことができる。

又蔵は匕首を拾って、蓮十郎に向けて突き出すように構えた。

今度は先に蓮十郎が動いた。来る、と又蔵が思った時には、すでに相手の顔がすぐそばまで迫っていた。そして匕首を握った手を振り上げた時には、もうそこに蓮十郎はいなかった。またすねに痛みを感じて又蔵は片膝をついた。

棒で打たれたことは分かる。しかし相手の動きを見ることはできなかった。

「九寸五分の匕首じゃ話にならないな。もっと長い得物の方がいいだろう」

蓮十郎は又蔵に背を向け、自分の刀が置いてある場所へと歩いていった。拾い上げて鞘を外し、抜身をぶら下げて戻ってくる。それをぽん、と又蔵の足下に放り投げた。

又蔵は取り付くようにして拾い上げた。刃や目釘にちらりと目を走らせる。妙な仕掛けはない。いい刀だ。

今度は又蔵から仕掛けた。作戦など何一つない。ただがむしゃらに刀を振り回した。

又蔵の攻撃は、しかし蓮十郎にかすりもしなかった。又蔵の刀はことごとく空を切り、そのたびに体のどこかを打たれていく。手首に、二の腕に、腰に、太股に次々と鈍い痛みが走った。最後にまたすねを強《したた》かに叩かれ、又蔵はくずおれるように両膝をついた。

「……あんた、俺をなぶり殺しにするつもりかい」

それくらいの力は余裕である。そんな相手だった。

「いや、間違っても殺すことはない」蓮十郎は首を振った。「お前を捕まえるために奔走している知り合いの岡っ引きに悪いからな。お前は死なないよ。だから安心していい。ただひたすら痛いだけだ」

又蔵はさっさと逃げてしまえばよかったと後悔した。今さら無理だ。すねが痛くてとても走れるものではなかった。案外と相手はそれが分かっていて、わざと執拗《しつよう》にそこを狙ったのかもしれない。

又蔵は痛みを堪えて立ち上がった。

四度目の対峙をする。又蔵は元の匕首に持ち替えていた。長いとこちらの動きを読まれ易い。まず相手を捕まえようと考えていた。間合いを消すことだ。体ごとぶつかっていって無理にでも組み付き、匕首で突き刺すしかない。

又蔵はまた先に仕掛けた。捉えた、と思った瞬間、また強かにすねを打たれた。

あまりの痛みに又蔵は気を失った。

六

下っ引きに両脇を抱えられ、番屋へと引きずられていく又蔵を、ほんの少しだけ気の毒に思いながら弥之助は見送った。

気を失うと水をかけられて無理やり起こされ、散々叩きのめされてまた倒れるという繰り返しだったようだ。弥之助たちが駆けつけた時の又蔵は地べたに大の字に寝そべり、ただぼんやりと空を見上げているだけだった。目は半開きで口元からだらしなく舌がはみ出すという、半死半生といった体《てい》だ。蓮十郎はそんな又蔵にまた水をかけて起こし、まだまだ続けようとしていたのだから恐ろしい。

いずれにしろ意識ははっきりさせねばならないので結局水はかけられたのだが、弥之助たちがいることに気づいた又蔵が最初に発した言葉は「頼むからもう殺してくれ」だった。

「なかなか骨のあるやつだった。並の者ならもっと早く動けなくなるんだがな。剣術を教えていた頃の門人の中にも、あれだけのやつはそういなかったよ」

又蔵に使わせていた自分の刀を腰に戻しながら蓮十郎が言った。機嫌の良さが声や表情に表れている。十分に満足したようだ。

「命がかかっていますからね。本気でしょう」

捕まったら死罪は免れないのだ。とにかく逃げるしかないし、そのためには目の前の蓮十郎を倒すしかない。道場稽古とは勝手が違う。

「あの又蔵は何人も殺している悪党だからいいとしても、古宮先生はあれと同じことをお弟子さんたちにやっていたわけですからね」

しかも入門して早々にやるから、大半は初日で辞める。

「剣術なんてものを突き詰めていくと、結局最後は命のやり取りに行き着いちまうんだよ。俺が教えていたのはその覚悟だ。それがない者は早々に去った方がいい。適当に棒振り剣術を教えてくれる道場なら、他に幾らでもある」

「そういう風に言うと恰好も付きますが……」

蓮十郎の場合は、それはもう本当に楽しそうに相手を叩きのめすので、人を痛めつけるのが好きな変人にしか見えない。実際にそういう気《け》も少なからずあるのだろう。そりゃ道場も潰れるわけだ。

手習を教えている時はそれなりにいいお師匠さんなのだから不思議なものだと思い、そこで弥之助は肝心なことを思い出した。

「……ええと、それよりも子供たちは」

「ああ、そうそう」

蓮十郎は辺りを見回すと、又蔵が倒れていた場所のそばへ歩いていった。そこで何か拾い上げると弥之助に示す。鍵のようだった。

「子供たちは又蔵の家に閉じ込められているから出してやってくれ。俺はこれで帰るから後は頼んだ。ああ、子供たちには俺が来ていたことを内緒にしておいてくれよ」

「どうしてですかい。お師匠さんに助けられたと知ったら子供たちも喜ぶでしょうよ。尊敬されて、手習所でもすごく素直になるかもしれない」

「そんな連中だったら苦労しないよ。お喋りの種を与えるだけだ。あいつらときたら、説教されそうになるとすぐに話を逸らそうとするからな。今回のことで下手に持ち上げられたら敵わん。叱言を言いづらくなる」

「ふうん、そんなものですかねぇ」

弥之助は首を傾げながら鍵を受け取った。

「そんなものさ。では、また遠慮なく叩きのめせるようなやつが現れたら声をかけてくれ」

蓮十郎は軽く片手を上げると背を向け、軽い足取りで帰っていった。

——ううむ。

確かに蓮十郎の剣の腕のことはあまり喧伝《けんでん》しない方がいいかもしれない。子供たちにも内緒だが、戻ったら吉兵衛にも「やっぱり弱かった」と言い直しておこうと弥之助は思った。

又蔵の家に入るとすぐ左手に錠のかかった部屋が見えたので、子供たちがいるのはそこだと難なく分かった。悪戯者の銀太は平気な顔をしていそうだが、他の子供たちはさぞ怖い思いをしているに違いない。特にお紺はあれでも女の子なのだから、もしかしたら泣いているかもしれないぞ、と思いながら錠を外して戸を開ける。

まったく違った。半泣きになりながら最初に飛び出してきたのは銀太だった。そのまま家の外まで走っていく。続いて忠次と新七、留吉の三人の男の子が、うんざりした様子でのろのろと出てきた。最後にお紺が、「あらもう来ちゃったの」と不服そうな顔で姿を現す。

忠次、新七、留吉、そしてお紺の四人に怪我はなさそうだ。弥之助はすぐに銀太を追って表に出た。

銀太は少し離れた所に立ち止まり、肩で大きく息をしていた。目に涙を浮かべて顔を歪めているが、こちらも見たところ怪我などはしていないようなのでほっとした。

「おいおい、どうしたんだい。他の連中は平気な顔をしているのに。まさか暗闇が怖いってわけじゃあるまい」

戸を開けた時に中が暗かったので弥之助は訊いてみたが、そうではないことは分かっていた。夜中に長屋を抜け出して空き家に忍び込むような子供だ。

案の定、銀太は大きく首を振った。

「ただ暗いだけならおいらは平気だよ」

「それならどうして泣いているんだい」

「とうとうお化けに遭っちゃったんだ」

「ほう」

弥之助は、又蔵の家の方を振り返った。ちょうど他の子供たちも出てきたところだった。明るく広々とした場所に出たので、みんな気持ちよさそうに体を伸ばしている。

あの家に幽霊が出たとしたら、それはかつて又蔵に殺された人たちに違いない。子供たちが閉じ込められていた部屋を覗いた時、暗がりに箱がたくさん積まれているのに気づいた。あれは又蔵が盗んだ物に違いあるまい。一つ一つきっちりと調べ上げて、その人たちの無念を晴らしてやらなけりゃな、と考えながら、弥之助は銀太へと目を戻した。

「お前は仲間外れにされていたのをずっと嫌がっていたじゃないか。やっと幽霊に出遭えたんだ。それなのに泣くなんておかしいぜ」

やっぱり子供だな、と思って弥之助は笑った。すると銀太はむっとしたような顔になってまた首を振った。

「違うよ。もちろんお化けも怖かったし、いきなり目の前にいたからびっくりして気を失っちゃったけど、それは別にいいんだ。すぐに気づいたからね。でも、その後が酷かったから泣いちゃったんだよ」

「何があったんだい」

「ただ閉じ込められているのは暇だし、せっかく暗いんだからって、お紺ちゃんが怖い話をし始めたんだ。みんなで順番に話していくのよって」

「はあ?」

「その間もおいらにはずっとお化けが見えているんだ。みんなで車座になって話している時、そいつらも周りを取り巻いて聞いているんだよ。首がねじ曲がった赤ん坊はうろうろしているし

……」

「だってすることがなくてつまらないじゃない。あたしには何も見えないんだし」

お紺が横から口を挟んだ。悪びれた様子など微塵もなかった。

そりゃ銀太も泣くわけだ、と弥之助は苦笑いした。

七

数日後の早朝、弥之助が久しぶりに溝猫長屋を訪れると、ちょうど子供たちと吉兵衛がお多恵ちゃんの祠に手を合わせているところだった。

掃き溜めのそばで寝そべっていた野良犬の野良太郎がのそりと首を上げたが、やって来た人物が弥之助であると認めると面倒臭そうにまた首を下ろした。

人に対して吠えたり噛みついたりすることのない犬だから構わないが、もう少し愛想が良ければいいのに、と思いながら弥之助は祠の周りを見回した。

相変わらずたくさんの猫がいて、思い思いの場所に陣取って丸くなっていた。

確か真っ黒いやつは羊羹だったな、と少し前に吉兵衛から聞いた猫の名を思い返す。同じく黒くて所々粉をふいたように白いのが金鍔だ。他には白黒猫の蛇の目、三毛の釣瓶、そして茶虎の猫がここの親分猫の四方柾……。

他に弓張、菜種、しっぽく、花巻、あられ、筮竹、柿、玉、石見、手斧、柄杓という猫がいるわけだが、この辺りは名前を憶えているだけで、どれがどれだか見分けはつかなかった。

大家さんにいつ訊かれるとも分からない。答えられないと機嫌が悪くなりそうだし、また初めから一匹ずつ教えられる、などという面倒なことになりかねないから頭に入れておいた方がいいだろう。後でこっそり子供たちに訊いておかなくては、と弥之助が考えていると、吉兵衛がふっと顔を上げて振り返った。すぐにそこにいる弥之助に気づき、驚いた顔をした。

「又蔵の件で忙しいからしばらくは来ないだろうと思っていたが」

「いやぁ、それが俺の出番は早々に終わっちまいましてね。後は八丁堀の旦那方やお奉行様の仕事です」

あれだけのことをしでかした悪党だからさぞ往生際が悪かろうと思われていた又蔵だったが、役人の取り調べに驚くほど素直に応じ、すべてをべらべらと白状していた。もう何もかも諦めてしまったという感じだったらしい。もちろんあの家に置かれていた物が動かぬ証拠になっているので今さらじたばたしても仕方がないということなのだろうが、又蔵の心の動きには少なからずあの古宮蓮十郎の仕打ちが関わっているのではないかと弥之助は思っていた。

「……あちこちの岡っ引きの良くない噂が耳に入ってきているぞ。まさかお前まで悪さをしていないだろうな」

吉兵衛がじろりと睨んできた。弥之助は苦々しく口元を歪める。

江戸の方々で盗みを働いてきた又蔵が捕まったことで、それぞれの土地の目明しが縄張りの商家などに顔を出し、引き合いをつけてはそれを抜かせて礼金をせしめるという事態が起こっている。中には、というかほとんどが実はまったく事件とは関わりのない所であり、要は言いがかりを付けて荒稼ぎしているのだ。

　羨ましい限りである。使っている下っ引きも霞を食っているわけじゃないから、連中に渡す金を作らなければならない。それどころかこの件で調べ回っている間は家業の方がおろそかになってしまっているから、弥之助自身の食い扶持すら危うくなっているのだ。手札を貰っている八丁堀の旦那が今回の件で少々名を揚げたので、それなりの謝礼は寄越してくれそうだが、せっかくだから自分も他の御用聞きたちのようにしたいと思っていた。それなのに……。

「……大家さんが手を回しているせいで、まったく稼げないじゃありませんか」

　この老人は弥之助が縄張りにしているこの界隈の商家などに先回りして、もし引き合いをつけられても決して抜かないように、かかった費用は儂が何とかするからなどと言って邪魔しているのである。

「当たり前だよ」吉兵衛は怖い顔をした。「岡っ引きなんて碌なもんじゃない。又蔵のような連中と紙一重だ。いや、お上のご威光を背にしている分、はるかに始末が悪いかもしれない。儂はね、できればお前にはそんなものをさっさと辞めてもらって、真っ当に生きてもらいたいと思っているんだよ。今は別の場所に住んでいるとはいえ、お前も子供の頃はここに住んでいた。いわば我が子同然だ。そんな者が岡っ引きなどという……」

　弥之助は慌てて辺りをきょろきょろと見回した。このまま放っておくと半日くらい吉兵衛の叱言を聞くことになりそうだ。しかも文句を言おうものなら、「儂はもう年寄りだからいつ死んでもいいんだ」「さあ殺せ」「末代まで祟ってやる」などと言い出すに決まっている。何としても話を逸らさなければならない。

「おおおっ、少し見ないうちにお多恵ちゃんの祠が綺麗になっている」

弥之助はわざとらしく大声を出した。嘘ではない。長く風雨に晒《さら》されているものなので汚いのには変わりがないが、それでも泥や土埃が落とされている。誰かが磨いて、できる限りの汚れを落としたのは明らかだ。

「おいらがやったんだよ」

銀太が自慢げに言って胸を張った。

「おおっ、そいつは偉いな」

「おいらだけずっと仲間外れで、やっと幽霊が出てきたと思ったら『見る』『聞く』『嗅ぐ』が一度にまとめて来ただろう。どうしておいらだけそんな目に遭うんだと、いろいろと考えたんだよ。それで、これは小さい頃に祠に小便をかけたことをお多恵ちゃんがまだ怒っているからに違いないと思ったんだ。だから掃除して、お多恵ちゃんに許してもらおうとしたわけ。次の時からはおいらも小出しにしてもらわなけりゃ堪ったもんじゃないから」

「いやぁ、たいしたもんだ」

弥之助は感心しながら吉兵衛の方を盗み見た。口をつぐんでくれたのはいいが、なぜか苦虫を嚙み潰したような顔をして子供たちを見ている。祠を掃除して綺麗にするのは間違いなく良いことなのに、どうしてだろう。

弥之助は首を捻って考えた。そして、銀太の言葉に気になる点があったことに気づいた。

「なぁ、銀太。お前、今『次の時からは』って言ったよな。まだまだ幽霊に遭い続ける気なのか。たとえば親に頼んで、どこかの職人の元に修業に出してもらうとか……」

これまでの子たちは、幽霊に遭うようになると怖がって、早々にこの溝猫長屋を出ていこうとした。そのために手習を真面目にやったり家の手伝いを一生懸命したりしていたのだ。ところが銀太ときたら……。

「いやぁ、おいらは頭の出来が悪いからさ。しばらくは手習に通って、働きに出るのはちゃんと読み書きができるようになってからにしろって父ちゃんに言われているんだよ。だから、まだ当分はここにいると思う」

銀太はにこにこしながら言った。幽霊が嫌だから手習を一生懸命にやろうという考えはないらしい。

「あ、おいらもだよ」横から忠次が口を挟んだ。「銀ちゃんよりはましだけどさ、おいらも頭の出来は良くないからね。まだしばらくは手習に通わされると思う。だから、ここを出るのは少し先になるかな」

「俺もまだ二、三年はこの長屋にいるよ」新七が言う。「うちは商売をやっているからね。それを手伝いながら仕事を覚えて、十五、六になったら同じ商売をしている親戚の家に出されることになっているんだ」

「あ、うちもだ」最後に留吉が口を開く。「おいらのとこは兄ちゃんが二人もいて跡継ぎには困ってないから、お父つぁんもおっ母さんも適当なんだよ。上の兄ちゃんが修業を終えて帰ってきたら入れ替わりに出ていけばいいんじゃないの、なんてことを言われてるんだ」

「お前ら……それで平気なのか」

幽霊に遭った時に気を失ったり、大人たちから散々説教を食らったりしているのに、まったく懲りない連中である。そりゃ吉兵衛も顔を顰めるわけだ。

弥之助は目の端に、微笑みながら立っている一人の少女を見たような気がした。慌ててそちらを向くと誰もおらず、ただお多恵ちゃんの祠がちんまりと鎮座しているだけだった。

——ふむ。

お多恵ちゃんも楽しんでいるようだし、まだしばらくはこの連中と付き合うようになりそうだな、と弥之助は思った。

主な参考文献

『近世風俗志（守貞謾稿）㈠〜㈤』喜田川守貞著　宇佐美英機校訂／岩波文庫
『目明しと囚人・浪人と俠客の話　鳶魚江戸文庫14』三田村鳶魚著　朝倉治彦編／中公文庫
『江戸「捕物帳」の世界』山本博文監修／祥伝社新書
『図説　江戸の学び』市川寛明、石山秀和著／河出書房新社
『寺子屋の「なるほど!!」』江戸教育事情研究会著／ヤマハミュージックメディア
『大江戸24時　意外に知らない人びとの生活！』新人物往来社
『嘉永・慶応　江戸切絵図』人文社

本作は書き下ろしです。

輪渡颯介（わたり・そうすけ）

1972年、東京都生まれ。明治大学卒業。『掘割で笑う女　浪人左門あやかし指南』で第38回メフィスト賞を受賞し、講談社ノベルスよりデビュー。怪談と絡めた時代ミステリーを独特のユーモアを交えて描く。浪人左門シリーズとして、『百物語』『無縁塚』『狐憑きの娘』があり、『古道具屋　皆塵堂』シリーズが好評。他の著書に『ばけたま長屋』がある。

溝猫長屋《どぶねこながや》　祠《ほこら》之怪《のかい》

第一刷発行　二〇一六年十一月九日

著者　輪渡颯介《わたりそうすけ》

発行者　鈴木　哲

発行所　株式会社講談社
東京都文京区音羽二・十二・二十一
郵便番号　一一二・八〇〇一
電話　出版　〇三・五三九五・三五〇六
販売　〇三・五三九五・五八一七
業務　〇三・五三九五・三六一五

本文データ制作　講談社デジタル製作

印刷所　凸版印刷株式会社

製本所　大口製本印刷株式会社

定価はカバーに表示してあります。

ISBN978-4-06-220317-3
N.D.C.913 223p 20cm